Gwendoline Riley
Krankmeldungen

Roman

Aus dem Englischen
von Sigrid Ruschmeier

SP

Schöffling & Co.

Deutsche Erstausgabe

Erste Auflage 2009

Originaltitel: *Sick Notes*
Originalverlag: Jonathan Cape, Random House, London 2004

Satz: Fotosatz Reinhard Amann, Aichstetten
Druck & Bindung: Pustet, Regensburg
ISBN 978-3-89561-355-5

www.schoeffling.de

Sie war von Geburt an so, ich schwöre es. Ich sehe noch, wie sie in der Wiege geschrien hat, bis sie blau wurde. Sie sind nie glücklich, diese Abarten, die normale, bescheidene Leute abstoßen: Sie gehören nirgendwohin und sind unersättlich.

Elizabeth Taylor, *Angel*

»Wem erkläre ich? Ich will wissen, wem?«

»Keinem, jedem, dem ersten, der es liest. Muss das so genau sein? Der ganzen Welt!«

»Der ganzen Welt? Bravo! Und nur ja keine Reue. Ich will nicht bereuen, und ich will nicht an die Behörde!«

»Aber nein, nicht nötig! Zum Teufel mit der Behörde! Aber schreiben Sie doch endlich, wenn es Ihnen ernst ist! ...« fuhr ihn Pjotr Stepanowitsch hysterisch an.

»Stop! Ich will oben eine Fratze mit ausgestreckter Zunge!«

»Quatsch!« Pjotr Stepanowitsch war erbost. »Auch ohne Zeichnung kann man das alles ausdrücken, nur durch den Ton.«

Fjodor Dostojewski, *Die bösen Geister*

Wenn man eine Entschuldigung für sich findet, findet man bald hundert und ändert sich nicht.

Wer Liebe sucht, findet sie – sie wartet auf einen.

Oscar Wilde, *De Profundis*

I

Der Bus fährt langsam durch den wirbelnden Schneeregen. Die Scheibenwischer bewegen sich träge hin und her, ziehen matschige Schneeflocken mit; ständig strömt kaltes Wasser herunter. Ich gehöre zu dem halben Dutzend Fahrgäste, die in diesen späten Bus gestiegen sind, doch um allein zu bleiben, bin ich gleich nach hinten gegangen, habe mich dort hingesetzt und Mantel und Schal auf den Nachbarsitz gelegt. Ich bleibe auch allein.

Während der Fahrt – sieben langer Stunden auf der Autobahn – habe ich versucht, durch mein Spiegelbild in der Scheibe einen Blick auf die blauen Schilder mit den abnehmenden Meilenzahlen oder ins Innere der Autos mit Warnblinkleuchten auf der Standspur zu erhaschen, doch als die Songs auf meinem Walkman langsamer wurden, habe ich die Augen zugemacht und muss mit dem Kopf an der Kopfstütze hin- und hergerollt sein, denn aus meinem Pferdeschwanz haben sich Strähnen gelöst und merkwürdig wieder verheddert und verschlungen, wie ich jetzt im Fenster sehe.

Als wir in die Chorlton Street einbiegen, wo nach den

hohen Hotel- und Bürogebäuden die niedrigen Dächer des Busbahnhofs von Manchester beginnen, fängt sich das schwache Licht der aufgehenden Sonne in unseren beschlagenen Fenstern, die aufblitzen, erglühen und vollkommen undurchsichtig werden. Ich umfasse meine beiden Armstützen und atme langsam. Alle Fenster schimmern: blind, perfekt.

Ich ziehe meinen Koffer über den löchrigen, von ausgespuckten schwarzen Kaugummis vollgeklebten Boden der Busbahnhofshalle; der Koffer knallt gegen Poller und hinter mir die Treppenstufen hinunter, und ich spüre, wie mir Angst – irgendetwas – mit ähnlich dumpfen Schlägen in der Brust aufsteigt. Donna, meine Freundin, meine Mitbewohnerin, wartet an den leuchtenden Verkaufsautomaten, das dunkle Haar unter eine gelb-schwarz gestreifte Mütze gestopft (meine alte Mütze); die Halbbrille hängt ihr von den Ohren und sieht aus wie ein Kinnriemen. Donna kneift abwechselnd ein Auge zu und späht in einen beigefarbenen Plastikbecher mit einem Getränk, das sie offensichtlich eher deshalb gekauft hat, um sich die Hände zu wärmen, als um es zu trinken. Ich bleibe bestimmt eine Minute lang vor ihr stehen, bevor sie mich bemerkt, sich die Brille aufsetzt und mich anschaut.

Mein linker Ellenbogen ist ein sogenanntes Gummigelenk, und wenn ich so wie jetzt (und häufig) dastehe, die Hände in den Gesäßtaschen, sieht der Arm aus, als biege er sich in die falsche Richtung. Im Sommer, mit kurzen

Ärmeln, ist die Wirkung noch dramatischer: Die schimmernde Haut in der Armbeuge dehnt sich und entblößt ein Gitternetz roter Äderchen tief darunter. Doch selbst wenn ich einen dicken Wintermantel anhabe, ist es, das weiß ich, für andere höchst verstörend, wenn ich eines meiner Glieder so merkwürdig verkehrt strecke.

»Mach das nicht immer mit deinem Arm«, sagt Donna, packt mich am Ellenbogen, klappt ihn herum, wieder an Ort und Stelle. »Sehr enttäuschend, du siehst aus wie immer«, sagt sie.

»Dass du dich da mal nicht täuschst«, erwidere ich, hebe meinen Koffer hoch, gehe aber nicht los. »Ich habe mir Tweetie Pie und eine Coca-Cola-Flasche auf den Arsch tätowieren lassen.«

Donna lehnt sich an die Wand und wackelt mit den Augenbrauen. Ihre blassen Lippen zucken, als sie ein Lächeln unterdrückt. »Auf deinen was?«, sagt sie. »Komm, das Auto steht dort.«

Im Auto lausche ich den verschiedenen Geräuschen der Reifen auf den nassen Straßen und sehe mit einem offenen Auge die eintönigen frühmorgendlichen Vororte vorbeiziehen.

»Also. Die Neue Welt«, sagt Donna.

Und ich sage: »Weiße Socken.«

Sie nickt. Im Auto ist es kalt, und es riecht nach ihrem pfeffrigen Parfüm. Sie ist nur 1,52 groß und braucht ein Kissen, um übers Steuer schauen zu können.

Als wir in Salford ankommen, strahlt kaltes Sonnenlicht auf die sauberen Schneekrusten der Motorhauben und Mülleimerdeckel. Ich spüre, wie sich die Helligkeit unter meine Lider drängt. An den schwarzen Zweigen des Baums vor unserem niedrigen Haus glitzern Schneetropfen wie Tau. Der Weg zu unserer Haustür ist gefroren. An die vordere Mauer gelehnt, überlege ich, wie ich über das Eis komme; Donna schließt das Auto ab.

Ich habe nie im Leben geraucht, aber – seit Kindertagen – die Angewohnheit, eine Phantomzigarette zu paffen. Während ich also jetzt überlege, drücke ich zwei Finger auf meinen Mund, bewege sie mit schwungvoller Geste zur Seite, stoße einen weißen Luftschwall aus und ziehe die Augenbrauen zusammen. Irgendwie muss ich den glatten Weg hinter mich bringen. Selbst der Brachlandstreifen am Zaun entlang ist vereist. Ich nehme meinen Koffer, der neben dem Tor steht, und schubse ihn über das Stück hubbelige Tundra Richtung Haustür. Mit leisem, kratzigem Geräusch trudelt er gemächlich auf die Treppenstufe zu. Ich taste mich mit Kleinkinderschritten und ausgestreckten Armen vorsichtig hinterher. Die roten Hände fest zu Fäusten geballt, die Augen aufgerissen, beherrscht mich nur der eine Gedanke, dass ich jeden Moment auf die Knie oder das Steißbein knallen kann. Am liebsten würde ich mich auf alle viere niederlassen und krabbeln; das wäre garantiert am sichersten. Donna geht nicht minder vorsichtig neben mir her. In ihren nass geränderten Baseballschuhen mit den Gummisohlen hat sie mehr Halt als ich in meinen kniehohen Stiefeln, über denen ich die Jeans bis zu den Waden hochgekrempelt habe. Zusammen mit meinem Twinset ist das mein 1957er-Look »Kansas ist eingeschneit«.

Ich gerate ins Rutschen, rudere mit den Armen und erwische Donnas Schal. Während ich das Gleichgewicht wiedergewinne, fängt sie an zu schwanken.

»Also, auf den *Arsch* sollten wir lieber unabhängig voneinander fallen«, sagt sie mit einem Seitenblick.

»Ja«, sage ich und halte mich am Ärmel ihres Mantels fest. Der steife Wollstoff knautscht zwischen meinen Fingern. »Das schon, aber aneinandergeklammert.«

In meinem Zimmer lasse ich meinen Pappkoffer aufschnappen und hole aus dem Durcheinander von Jeans, Kleidern und Strickjacken eine Kassette. Ich stecke sie in den Recorder auf der Kommode und lege mich, die Arme hinter dem Kopf verschränkt, in Mantel und Stiefeln aufs Bett. Bald ertönt ein schüchternes Klopfen an der Tür; an meiner grünen Tür, die mit einer Reihe von Messingschlössern bestückt ist.

»Komm rein«, sage ich.

Donna stößt die Tür auf, kommt aber nicht herein. Mit gespreizten Beinen und ausgestreckten Armen – ich muss an ein Spinnennetz denken – bleibt sie im Türrahmen stehen und schaut sich in dem kleinen Zimmer um, das sie seit drei Monaten nicht von innen gesehen hat. Sie hat den Mantel ausgezogen, und ich sehe, dass sie statt eines Gürtels Gitarrenkabel in den Jeans trägt. Als sie ihre knabenhaften Hüften ein paarmal schwenkt, schwingen die Klinkenstecker exakt mit.

»Soundtech-Schick«, sagt sie.

Ich staune, erwidere aber nichts, sondern sauge an einer mageren Haarsträhne und starre wieder in eine Ecke der Zimmerdecke. Donna klettert über die Stapel zugeklebter Pappkartons, die aus der Zeit stammen, als ich noch dachte, ich würde ganz weggehen, und die ich schon mit bösen Blicken bedenke, denn ich habe nicht die Absicht, sie je wieder auszupacken. Ich drehe mich um, bleibe auf dem Bauch liegen, reibe mir ein Auge und behalte Donna mit dem anderen im Blick. Jetzt, wo ich liege, bin ich plötzlich sehr müde. Donna allerdings mustert das Leergut in meinem Zimmer. Bald fünfzig kleine Flaschen, Ginflaschen zumeist, stapeln sich am Fußende des Bettes.

»Sie sehen aus wie hungrige Vögelchen«, sagt Donna. Sie steht auf dem kleinen freien Stück Teppich und schwingt, im Takt mit der langsamen Musik von der Kassette, ihre Gitarrenkabel wie ein Pendel hin und her. »Oder wie diese Statuen, die ... Ich weiß nicht mehr ... in *National Geographic* ... diese kleinen Tonmenschen ...«

»Ja-a«, sage ich, setze mich und lasse das »Ja-a« in ein Gähnen übergehen. Dann recke ich die Arme und klopfe mir mit der Hand auf den Mund. »Ja-a.«

»Sie rücken näher. Sie übernehmen alles …«

Noch einmal gähne ich betont freundlich.

»Ja«, sage ich, »sehr symbol–«, und hebe den schlaffen Vorhang, um aus dem Fenster zur Bushaltestelle zu schauen.

»Genau, Esther, symbolisch. So ist es«, sagt sie.

»Ich habe dir was mitgebracht«, sage ich. »Es liegt oben im Koffer.«

Sie kniet sich hin und zieht eine billige Schneekugel aus dem zerfledderten, zusammengeknüllten Seidenpapier: ein überdimensional großes gelbes Taxi und ein Polizeiwagen neben verbogenen Plastikwolkenkratzern. Sie bleibt knien und dreht die Kugel, bedächtig mit dem Kopf nickend, ein paarmal um. Doch die wolkige Flüssigkeit darin ist zu dünn; so kräftig Donna die Kugel auch schüttelt, das Schneezeug sinkt zu schnell und liegt fast sofort wieder auf dem Boden, die darin eingeschlossene Szene unverändert und leblos wie zuvor. Donna fällt das schwarze Haar ins Gesicht.

»Ist das Ancoats?«, fragt sie, und dann, auf die Flaschen zeigend: »Die solltest du wegbringen. Schaff zumindest Platz für die neuen.«

Ich puste mir auf die kalten Hände.

»Die Heizung funktioniert schon wieder nicht«, sagt sie. »Ach – brauchst du Arbeit in der Bar?«

Ich verneine. Donna klettert über die Kartons aus dem Zimmer.

»Einen Tee, bevor ich verschwinde?«

»Ja«, sage ich und: »Tu keine Milch rein.«

Ich stelle die Musik ab, stehe auf und gehe durch den Flur zu ihrem Zimmer. An der Tür kleben zwei Polaroidfotos, die ich vor Jahren von ihr gemacht habe. Auf einem hat sie die Arme vor der Brust gekreuzt und sieht unendlich gelangweilt aus; auf dem anderem, einem Porträtfoto, sind die Augen hinter ihren Brillengläsern rot, und sie macht ein bezaubernd mürrisches Gesicht.

In ihrem Zimmer stehen das gleiche schmale Bett und ebenso angeschlagene Kinderzimmermöbel wie in meinem, doch sie hat sich mehr Mühe gegeben. Sie hat eine Daunendecke, eingerahmte Postkarten an der Wand und sogar Nippes: getrocknete Seeigel, das Figürchen eines hockenden Kindes, ein winziges Paar bemalter Holzschuhe, ein Flaschenschiff und eine Matrjoschka, flankiert von den beiden Gummientchen, die ich ihr zu ihrem letzten Geburtstag geschenkt habe. Auf einem Foto in einem einfachen Messingrahmen steht ein kleines Mädchen an einem Klavier, auf Zehenspitzen, damit es auf die Tasten schlagen kann. Die Gardinen hinter ihm haben ebenso wie der Pullover unter der Latzhose die krassen Farben der 70er. Auch die Miene des Mädchens ist irgendwie krass. Es ist Donna bei ihrer Großmutter. Grimmig schon als Kleinkind, na, das hätte man sich ja denken können. Ich lege ihre Gitarre beiseite, setze mich auf ihr ungemachtes Bett und schaue mir die Bücher auf dem Kopfkissen an.

Als sie kommt und mich dort sieht, bleibt sie mit unserem Tee in der Tür stehen. »Was liest du jetzt? Immer noch deine Western?«, fragt sie.

»Nein«, sage ich, »ich konnte nicht mehr. Ich hatte genug von Tequila, Bohnen und Chilisauce.«

»So, so.«

»Sonderlich gesund war die Kost nämlich nicht. Außerdem«, ich beuge mich vor und flüstere, »hab ich mir'n Wolf geritten.«

Donna krümmt sich, reibt sich den nicht existierenden Po, dreht sich langsam um und lässt sich neben mich plumpsen.

»Ich lese ein Buch, das *Hunger* heißt«, sage ich.

»Und worum geht's?«

»Hm ... Wie soll ich das erklären ... Also, was bisher geschah: Ein Mann ... hat Hunger ... Dann isst er was und ist satt ... Dann kriegt er wieder Hunger, und dann *isst* er *nichts*, und dann kriegt er noch mehr Hunger ... Dann verkauft er sein Unterhemd und isst. Und dann ist er satt.«

»Da geht's ja um sehr Existenzielles«, sagt sie und grinst in sich hinein.

Ich schlage meinen Mantelkragen hoch und ziehe den Kugelschreiber aus meinem Pferdeschwanz, wo er immer steckt. Ich mache den Kuli zur Zigarette, nehme einen langen Zug, beiße darauf und zwinkere Donna zu. Sie schlägt den Kragen ihrer Bluse hoch, damit wir zusammenpassen. Sie hat ein wunderbares Lächeln wegen ihrer Zähne: Die beiden mittleren oberen Schneidezähne liegen schräg übereinander. Man hört es auch, wenn sie spricht; bei einigen Konsonanten klingt es wie Küssen.

»Vor ein paar Wochen habe ich es auf der Suche nach transzendentaler Erfahrung mit Fasten versucht«, sage ich und klopfe mit dem Kugelschreiber an ihren Becher.

»Okay«, sagt sie. »Und? Hast du Gott gesehen?«

»Nein, nur herumschwebende schwarze Flecken.«

Ich greife zum nächstliegenden Buch. Ein Jean Genet, in der Badewanne gelesen. Ich blättere ihn durch und suche Donnas Anmerkungen. Finde nur eine: auf einer der ersten Seiten eine dünne rote Linie unter dem Wort »Hosen«.

»Verderbtheit allenthalben«, sage ich.

Sie schaut mir über die Schulter, auf meinen Daumen mit dem abgebissenen Nagel, mit dem ich missbilligend auf die Seite klopfe.

»Ja, als ich sechs war«, sagt sie augenzwinkernd, »kriegte ich den Holzwurm in die Möse, weil ich mich in der Bücherei immer an den Ladybird-Kinderbüchern gerubbelt habe.«

Seufzend schiebt sie sich das Haar aus dem Gesicht nach hinten.

»Schau nicht so entgeistert.«

»Entgeistert, na ja, du kennst mich, Donna, jedes Mal, wenn jemand auch nur Anstalten macht, mit mir zu schlafen, meine ich, ich müsste den Psychiater rufen.«

Leider wahr. Ich mache mir mit dem Faden an dem

Schildchen meines Teebeutels die Fingernägel sauber. Kopfschüttelnd stützt Donna die Ellenbogen auf die Knie und beugt sich weit vor. Dann holt sie tief Luft.

»Esther, hör zu, ich kenne dich tatsächlich. Du hast nur vergessen, wie es ist; wie es ist, mit jemandem zusammen zu sein.« Sie stößt mich mit dem Ellenbogen an, schaut aber weiter geradeaus. Mittlerweile trommle ich mit allen Fingern gegen meinen Becher. Gott sei Dank redet Donna weiter. »Du schaust ihre Augenbrauen an oder ihren Mund oder ein Haar in ihrem Ohr oder ihre Socken auf dem Boden – wenn du Glück hast –, und dann fühlst du, wie sie sich anfühlen und bewegen. Wunderbar. Findest du nicht –?«

Nein, kann ich nicht gerade sagen. Ich lange über Donna hinweg, greife zu einem anderen Buch, bestimmt eins von meinen: Steinbeck, *Das rote Pony*. Mit einem Lächeln wie aus der Waschpulverwerbung halte ich es hoch.

Sie schnipst mit den Fingern und sagt: »Also, das ist ja ein trauriges Buch. Ein kleiner Junge fängt an, auf Vögel zu schießen und Ameisen zu zertreten. Und alles nur, weil sein Pony stirbt, das er doch nur bürsten und streicheln und lieb haben wollte. Eine herzzerreißende Geschichte!«

»Aber es war doch *sein* Pony«, sage ich.

Sie lässt sich nicht beirren und erzählt übergangslos eine lange und – wenn man so will – unterhaltsame Geschichte von zwölf Stunden wahrer Liebe auf einer feuchten Matratze, davon, sich in einem Zimmer mit einem kaputten

Gaskamin und einem widerlichen alten rotbraunen Betttuch, das mit Reißzwecken vor ein Erkerfenster gepinnt war, auf pieksenden Toastkrümeln zu wälzen.

»... und immer wenn meine Arme unter der Decke hervorkamen, wurden sie kalt, und die Decke *roch nach Kotze* ...«, eine Sekunde lang sieht sie – ich schwöre es – verträumt aus, »und obwohl es keine Gardinen gab, war ich so im Überschwang der Gefühle, dass sich die ganze Welt warm und butterweich anfühlte.«

Um ihre Worte zu unterstreichen, wedelt sie mit ihrer kleinen Hand. Es stört mich nicht, wenn Donna so erzählt. Sie erzählt ja mit einer gewissen Freude am Leben. Trotzdem: Es reicht. Ich lächle, wackle mit dem Kugelschreiber und stecke ihn wieder in mein Haar.

»Ich hasse Butter«, sage ich und versetze dem Nachttisch einen Karateschlag. »Ich bin intolerant. Und du hattest wahrscheinlich eine Kohlenmonoxidvergiftung.«

Ich stehe auf, und während ich rückwärts durch den Flur in mein Zimmer gehe, zeige ich mit dem Finger auf sie. »Du bist die Feindin«, sage ich. »Du machst nur Propaganda! Du hast kein Innenleben!«

Ich verriegle meine Tür, ziehe Stiefel und Mantel aus und lege mich unter meine nicht bezogene Bettdecke ins Bett. Als ich sie fest über den Kopf gezogen habe, schaue ich in die weichen kalten Wolken, die im Schein der nackten Glühbirne entstehen, dann schließe ich die Augen und sehe Lavaströme.

Fünf Minuten später höre ich, wie Donna zur Arbeit geht, nicht ohne mir vorher zu sagen, dass mein Becher mit Tee vor der Tür steht. Ich setze mich, ziehe die Gardine ein wenig zur Seite und beobachte, wie sie sich vorsichtig über den Weg tastet, in ihr Auto steigt und schließlich wegfährt. Zu einer schäbigen Cafébar in der Stadt, wo sie tagsüber arbeitet und ich früher unregelmäßig nachts gejobbt habe. Unser Chef nannte uns immer Cox und Box, doch viele Leute sagten einfach Donna und Esther, und damit hatte es sich.

Ich strecke mich, gähne und gehe mit meinem Becher in die Küche. Der Flur riecht gestaubsaugt, und als ich merke, dass mich das traurig macht, nehme ich einen Keks aus der Dose auf der Mikrowelle. Doch der schmeckt nach nichts, und wenn ich ihn herunterschlucken würde, würde ich mich vollgestopft fühlen. Also spucke ich ihn aus und hinterlasse einen beigefarbenen Klumpen im leeren Spülbecken. Schlecht gelaunt gehe ich mit meinem Tee zurück in mein Zimmer und knurre in den Spiegel. Die Kartons werde ich nicht anrühren. Ich setze mich aufs Bett, hinten ans Kopfteil, und drücke das Kinn auf meine Knie in den ausgebleichten Jeans. Auf dem Fenstersims liegen in Reih und Glied uralte mumifizierte Teebeutel. Ich betrachte sie eine Weile lang und rauche eine unsichtbare Zigarette. Ein Spalier zusammengekrümmter Schmetterlingspuppen. Das muss ich Donna erzählen. Ich kratze daran und reiße ein paar ab – sie kleben fest – und werfe sie an die Tür, dann setze ich mich im Schneidersitz neben die Lautsprecher. Viele Schallplatten sind nicht mehr da. Die Woche vor meinem Abflug habe ich damit verbracht, mich meiner Besitztümer zu entledigen. Ich habe alle Songs verkauft, die ich leid war. Die Platten, die zu zerkratzt waren, als dass Vinyl Exchange sie genommen hätte, und die mit kaputtem Cover und zerrissener, teefleckiger Innenhülle habe ich weggeworfen. Genauso die drei Schuhkartons mit verstaubten Kassetten, meistens Zeug, das ich zu meinen Teenagerzeiten aus dem Radio aufgenommen hatte. Auf dem Weg zu den Mülltonnen klemmte ich mir die schweren Säcke unter die Arme. Es war Oktober.

Jetzt lege ich einen Song auf, den ich lange nicht gehört habe. Trotzdem stelle ich fest, dass ich mich an jedes leise Einatmen, jedes Saitenquietschen erinnere. Es ist ein trauriger Song, der eine nur halb verständliche traurige Geschichte erzählt. Weil ich nicht weiß, was darin passiert, wird mir der Song nie über. Aber nach gut drei Minuten macht das Schlagzeug *sshh* ... die Nadel schnellt hoch, und das Zimmer ist wieder von Stille erfüllt. Ich sitze unbequem zusammengekauert, rühre mich nicht, und es ist mir zu sehr bewusst, wie ich atme.

Meine erste Bude – ein Zimmer zur Untermiete, in das ich mit siebzehn zog – lag gegenüber einem Krankenhaus in Süd-Manchester. Als ich dort wohnte, hatte ich die makabre Angewohnheit, das Kommen und Gehen auf der anderen Straßenseite zu beobachten. Ich stand stocksteif hinter der Gardine oder ging in die Hocke und lugte über das Fenstersims. Erst nach sechs Monaten merkte ich, dass ich mich überhaupt nicht zu verstecken brauchte. Denn als ich von der Krankenhausseite zu meinem kleinen Fenster hochschaute, war es so gut wie undurchsichtig; man sah lediglich die blassen Spiegelbilder der Blätter an den Bäumen auf dem Parkplatz des Krankenhauses. Sie zuckten vor dem dunklen Hintergrund.

Von da an konnte ich ohne Angst vor Entdeckung hinausschauen, dastehen und mich hinter dem Rücken am Ellenbogen fassen oder mich vorbeugen und die Stirn an den dick weiß lackierten Fensterrahmen lehnen. Ich erinnere mich noch an das breite Sims, auf dem sich immer eine Lache mit moosigem Schleim bildete, aus der die Katzen tranken. Je nach Wetter war die Lache größer oder kleiner. Ich fand es angenehm, dort zu wohnen, auf keinen Fall wollte ich mit jemandem zusammenleben. Doch als Donna sagte, ich solle zu ihr ziehen – sie war meine Freundin –, willigte ich schließlich ein. Das war vor fast zwei Jahren. Es klappt gut. Wir kommen beide gut mit unserer Arbeit voran: Sie schreibt ihre Songs, und ich, ich habe meine Notizbücher.

Ich gehe wieder ins Bett und schlafe fast den ganzen Tag. Jedes Mal, wenn ich fröstelnd zu mir komme, denke ich: *Wo bin ich?*, und dann: *Verdammt.* Um vier Uhr gehe ich zum Spirituosenladen. Um nicht auszurutschen, trage ich ein Paar von Donnas Schuhen. Die Sonne ist halb untergegangen, in dem erlöschenden Licht färben sich alle roten Ziegelsteine scharlachrot. Auf dem Rückweg begegne ich dem Blick eines kleinen Jungen, der hinten in einem Auto sitzt. Der Fahrer hat den Motor an der Kreuzung abgewürgt. Der Junge ist angeschnallt und schaut mich ausdruckslos an. Ich erwidere seinen Blick und habe ein hohles Gefühl im Magen.

Den ganzen Abend sitze ich auf dem Küchenstuhl und trinke. Als Donna nach Hause kommt, liegt eine Flasche in der Mülltonne, ein Becher im Spülbecken und ich quer über dem Tisch. Sie wuschelt mir durchs Haar und holt mir ein Glas Wasser. Ich hebe den Kopf und stütze das Kinn in die Hand, spreize die Finger wie einen Fächer vor dem Gesicht, doch zum Flirten ist mir nicht zumute. So, wie ich da hocke, starre ich nur durch die Finger.

»Ich wünschte, du wärst an Silvester hier gewesen«, sagt Donna, zieht Mantel und Mütze aus und setzt sich mir gegenüber. »Es war eine jämmerliche Tragödie. Ich dachte nämlich, es sei cool, aus einer Ananas zu trinken, und habe den ganzen Nachmittag hier gesessen, eine Ananas ausgehöhlt und dabei über mich gelacht. Aber ich wusste nicht, dass sich die Ananas nach zweimal Vollschütten vollsaugt und matschig wird.« Sie schüttelt sich jetzt noch. »Am Ende der Party saß ich dann bei den Leuten auf dem Treppenabsatz und trank Bier aus einer kollabierten Ananas. Alles war klebrig. Und am nächsten Tag sagten alle: ›Was hast du bloß gemacht? Das war ja eklig. Wo ist deine

Selbstachtung?‹ Ich habe nämlich auch gekotzt. Ich hatte mich völlig vollgekotzt.«

Sie verdreht die Augen.

»Verstehe.«

Ich seufze und behalte sie im Blick. Sie ist immer noch ein bisschen entsetzt, ihre Nase rot.

Als ich meine linke Hand betrachte, sehe ich, dass ich mit Kugelschreiber darauf geschrieben habe: GEH NICHT RAUS. Ich kann mich nicht erinnern, dass ich das geschrieben habe. Donna zeigt auf mein Gesicht, und ich greife hinter mich und hole einen Topf vom Regal. Ich sehe mein Spiegelbild in dem Topfboden: Die blassen Buchstaben auf meiner rechten Wange drücken aus, wie ich mich fühle.

»Du solltest rausgehen. Die Leute haben heute nach dir gefragt«, sagt sie.

Ich sehe mir zu, wie ich gähne: das schwarze Spuckenetz, das auf meiner Wange getrocknet ist, knittert und reißt.

»Vielleicht morgen«, sage ich, und dann: »Was für ein Tag ist morgen, Donna?«

2

Es ist Dienstag. Um fünf Uhr morgens bin ich seit über einer Stunde wach und auf dem knapp einen Quadratmeter großen Stück freiem Teppich herumgetigert, habe mich mit angezogenen Knien dort hingelegt und mir den Teebecher auf die Brust gestellt. Die Sonne braucht ewig, um aufzugehen.

Ich stelle mich ans Fenster. Durch die fedrigen Eisblumen auf der kalten Scheibe beobachte ich den Verkehr: den rauchigen Atem aus den Auspuffen, die blitzenden Blinker, die grell starrenden Rücklichter auf dem Trinity Way. Der vom Wind getriebene Regen hängt einen düsteren Gazeschleier um die trüben Straßenlaternen – drinzubleiben schaffe ich trotzdem nicht. Ich ziehe fast alle meine Klamotten an – das Twinset über ein T-Shirt, meinen Wollmantel, drei Paar Socken, hoch unter die Jeans gezogen –, schließe den Reißverschluss an den Stiefeln, nehme aus einem Becher, der voll von Kulis ist, einen heraus, stecke ihn in meinen Pferdeschwanz und gehe los.

Nachdem ich die Hauptstraße überquert und mir meinen muffigen grauen Schal über den Kopf gezogen habe, beschleunige ich meine Schritte. Ich platsche durch bleigraue Pfützen im Rinnstein, trete mit festen Schritten auf den Streusplitt. Die Kälte sticht mir in die Ohren; die raue Luft, die ich einatme, schmerzt mich in der Brust.

Ein Fenster in dem leeren Bus in die Stadt schließt nicht richtig, und obwohl ich relativ weit vorn sitze – die Knie hochgezogen, die Arme verschränkt –, spüre ich trotz des mehrfach umgeschlungenen Schals die scharfe Kälte im Nacken. Langsam geht eine fahle Sonne auf, atmet zwischen den Gebäuden hindurch.

Ich gehe zum Piccadilly Approach in mein altes Lieblingscafé. Es riecht nach Dettol, Würstchen und nassem Weißbrot.

Drei Männer in dicken neonfarbigen Jacken und mit Schiebermützen sitzen an einem Tisch, zersäbeln ihre Schinkenscheiben und lesen ihre Zeitungen. Ich schreibe in mein Detektiv-Notizbuch und trinke schwarzen Tee, als zwei alte Typen hereinkommen. Der große versetzt seinem beduselten Freund einen Rippenstoß, als sie vor dem schmierigen Chromtresen stehen.

»Schau dir die an«, sagt er. »Schreibst wohl dein Testament, was?«

Ich hebe die Brauen und klopfe mir mit dem Kugelschreiber an die kalte Nase. Ich versuche über meine Mutter zu schreiben.

Als ich drei war und mein Bruder noch nicht laufen konnte, hat sie meinen Vater verlassen. Eines Tages, als er zur Arbeit war, fuhr sie mit uns über den Mersey zum Haus ihres Vaters auf dem Wirral. Noch mehrmals an dem Tag fuhr sie hin und her und brachte alle ihre Sachen – in dreißig Jahren Angesammeltes, unredigiert – in das Zimmer zurück, in dem sie aufgewachsen war. Wir blieben in ihrem Elternhaus, und ich – wie das Leben so spielt – landete schließlich in denselben Schulen, die ihr schon das Leben vergällt hatten. Eine weitere Ironie der Geschichte: Sie entfloh der Herumkommandiererei meines Vaters, nahm meinen Bruder aber mit, eine Zeitbombe, angeschnallt im Kindersitz.

Fünf verlorene Jahre bei ihrem grantigen Vater. Dann starb der, und wir zogen um. Nur die Straße weiter hoch, aber um. Als wir ein paar Jahre in dem Haus waren, ließ meine Mutter das große Wohnzimmer umbauen und teilen: in einen Raum für uns Kinder, den anderen für sie; den wollte sie sich schön machen, auch dafür, wenn mal Besuch kam. Doch am Ende war der eine für meinen Bruder und seine Freunde, wo sie Nintendo spielten, und der andere für sie, wo sie sich verkroch und fernsah.

Ungefähr um diese Zeit bekam ich Alpträume. Ich hatte Angst, ins Bett zu gehen, und saß deshalb immer in der Ecke der Couch in ihrem Zimmer und las, während sie sich darauf ausstreckte und Soaps und die Filme danach anschaute. Wenn sie schlafen ging, blieb ich dort. Die große Lampe war an, und ich las bis zum nächsten Morgen. Nachdem sie mit mir beim Arzt gewesen war, nahm ich eine Weile lang leichte Schlaftabletten und wurde dann den ganzen Winter zur Therapie ins Bebingtoner Bürgerzentrum geschickt, einen flachen, kieselverputzten Gebäudekomplex mit Arztpraxis, Bücherei und Polizeiwache – die Häuser waren alle kastenförmig und hatten Bullaugenfenster.

Wenn ich nach der Schule dorthin ging, nahm ich die Abkürzung über den vereisten Sportplatz. In Reifenspuren voll mit Regenwasser lagen die zerrissenen, aufgequollenen Pornohefte irgendeines Typen; auf den halb umgekippten Torpfosten saßen riesenhafte Amseln. Das Gras knackte, wenn ich darüber stapfte; mehr als einmal schrammte ich mir Knie und Hände daran auf. Als meine Lehrerin den Wundschorf sah, sagte sie: »Du solltest dir Nägel unter die Schuhe schlagen lassen.«

Meine Sitzungen fanden neben der Arztpraxis statt. In einem Raum, der nichts Einschüchterndes hatte, saß ich in einem klobigen, niedrigen Sessel; an den pastellgrünen Wänden hingen Tierplakate: verdrießlich dreinschauende, schlammbedeckte Nilpferde, Affenbabys, die einander mit ihren spindeldürren Ärmchen umschlangen. Es gab Kekse. Man trug Strickjacken. Ich habe unendlich viele Stunden dort verbracht, doch an das, was geredet wurde, kann ich mich so gut wie nicht erinnern. Nur daran, dass sich am Ende der ersten Sitzung, als ich gerade unter dem Sessel nach meiner Jacke suchte, der Mann, dem ich zugehört hatte, vorbeugte, mich anstrahlte und sagte:

»Weißt du, was mit am besten ist, wenn man erwachsen wird?«

Ich schüttelte den Kopf.

»Man kann seinen Nachtisch zuerst essen!« Er grinste mich an und trommelte sich mit den Fingern auf die Knie. »Als ich anfing zu studieren, fand ich das wunderbar«, fuhr er fort. »Einmal war ich im Supermarkt, und ein kleiner Junge stand in einem Einkaufswagen vor den Kühlregalen, und ich nahm mir ein Joghurt und sagte zu ihm: ›Wenn ich will, kann ich das vor dem Essen futtern!‹«

Von da an sah ich den Therapeuten jedes Mal, wenn ich bei ihm war, mit joghurtbeschmiertem Gesicht vor mir.

Man verordnete mir auch alle möglichen anderen Aktivitäten, damit ich meine überschüssige Energie loswurde. Nacheinander probierte ich es mit Trampolinspringen, Schwimmen, Hallentennis, Bogenschießen und nahm eine Weile lang in einem feuchtkalten, nach Puder riechenden Gemeindesaal Ballettunterricht. Damit war allerdings Schluss, als meine Mutter mich eines Tages abholen wollte und man ihr sagte, ich solle besser nicht wiederkommen. Als sie fragte, warum nicht, öffnete sich prompt die Tür zum Umkleideraum, und so wie sie es erzählt, lag ich dort auf dem Boden und wälzte mich hin und her – wie seit meiner Ankunft. Unglaubhaft klingt das nicht. Neulich habe ich das Donna erzählt, und sie sagte: »Na, du wolltest dich *ausdrücken*!«

Damit entschuldigen wir alles. Als ich letztes Jahr immer weiter absackte und dauernd auf meinen Teppich pisste – wie eine wütende Katze, sagte Donna und verdrehte die Augen –, »drückte ich mich eben aus«. Und auch Donna tat es, als sie in den Whisky meines Ex-Freunds Richard spuckte. Ich frage mich, wie lange wir damit noch durchkommen. Anders zu leben fände ich trotzdem surreal.

Als ich zehn war, fuhren meine Mutter, mein Bruder und ich zum ersten Mal in die Ferien. Die arme Frau gab ihr ganzes schwer verdientes Geld aus und landete dann doch mit uns in einem Elendsloch in Spanien. Ein einziges Mal in den zwei Wochen cremte ich mich mit pappigem Lichtschutzfaktor 60 ein und traute mich in den Swimmingpool, abends, als er leer war. Bäuchlings lag ich auf der Luftmatratze meines Bruders, krallte mich daran fest und versuchte, mich fortzubewegen. Fast wäre ich umgekippt. Vielleicht spielte ich ja mit dem Tod.

Irgendjemand schlug vor, ich solle die letzten beiden Wochen dieses nassen Sommers – bevor ich an der Wirral Girls Grammar begann – in einem modernen Internat im Süden Englands verbringen. Da die Freunde meines Bruders jeden Tag in den Ferien bei uns herumhingen, wenn meine Mutter zur Arbeit war, wollte ich sowieso nicht da sein. Sie hatten das Sagen.

Schon eine Woche vorher begann ich zu packen. Auf dem Boden meines Koffers hatte ich alle meine verschiedenfarbigen Socken ausgebreitet: vierzehn Paar nebeneinander. Aus lauter Bockigkeit, denn ich wusste ja, dass ich das rote Paar mehr als einmal tragen würde. Das war doch klar. Aus dem Zimmer meiner Mutter nahm ich Mascara mit. Sie bewahrte die Kosmetika der letzten dreißig Jahre in staubigen Plastikablagen in ihren Kommodenschubladen auf: graue, zu Pulver zerfallende Schwämme, Flaschen mit orangefarbener kreidiger Schmiere, Lippenstiftstummel. Das hatte sie alles mitgenommen, als sie meinen Vater verließ. Ich habe rotes Haar wie er, doch meine Wimpern sind blond, kurz und gerade. Irgendwann begann ich mich deswegen zu schämen und benutzte von da an die trockene alte Mascara meiner Mutter. Jeden Morgen. Abends spuckte ich manchmal auf Toilettenpapier und rieb sie ab oder zupfte die größeren Klümpchen heraus. Meist jedoch sammelten sie sich an und verkrusteten, bis Badetag war oder ich einen Heulanfall hatte.

Bevor meine Mutter mich ablieferte, ging sie mit mir zum Mittagessen in eines dieser riesigen Kettenrestaurants. Wir setzten uns draußen auf feuchte Bänke. Ich bestellte vegetarische Lasagne, zu der es Pommes und grüne Erbsen gab. Ich aß nicht viel davon. Aber ich trank zwei Gläser Cola, was ich normalerweise nicht durfte, schon gar nicht in den Ferien, denn dann, sagte sie vollauf zu Recht, würde ich »allen das Leben vermiesen«. Während ich die

Cola trank, drückte ich mit der linken Hand gegen den Tisch, klappte meinen Ellenbogen heraus und wieder zurück und las in einem Buch, das offen auf meinen Knien lag.

»Du verdirbst dir den Magen«, sagte meine Mutter.

Das Internat war ein zweistöckiges rotes Backsteingebäude, das drei Seiten eines Hofs begrenzte. Es gab zwei Schlaftrakte und ein halbes Dutzend mobile Klassenräume am Rand eines kümmerlichen Wäldchens, in das wir nicht durften. Wir Kinder hatten Unterricht in Astrophysik, Zoologie sowie elisabethanischer Tragödiendichtung. Und das schon vor der großen Pause. Die Lehrer, alle in T-Shirts, sagten immer wieder zu mir, ich sei sehr still. Stumm pflichtete ich ihnen bei.

Unser Essen trugen wir auf solch viereckigen Kantinentellern zu großen, runden Tischen. Den riesigen Krug, aus dem wir uns Fruchtsaftgetränke in die Gläser schütten sollten, konnten wir mit unseren kleinen Händen und kurzen Armen gar nicht richtig halten, er kippte leicht nach vorn, und der Saft schwappte über. Erst klebte das Papiertischtuch auf dem Resopaltisch, und dann tropfte es einem vom Tischrand in den Schoß. Immer wenn ich etwas verschüttete, hörte ich meine Mutter sagen: »Wie man mit Flüssigkeit umgeht, begreifst du nie, was?«

Am Ende der ersten Woche wurde in der Aula eine Disko veranstaltet. Zu der wollte ich um keinen Preis und ging nach dem Unterricht direkt zu den Schlafräumen.

Keiner merkte es. Ich ging in das einzige nicht benutzte Zimmer am Ende des Mädchenflurs. Es war genau wie das, in dem ich schlief. Hinter den sechs Betten befand sich eine Reihe Einbauschränke, deren Türen auf Schienen liefen: Ein leichter Schubs, und sie glitten lautlos auf. Wenn man sie fester aufschob, knallten sie auf und wieder zu. Innen roch es nach Sägemehl und Kleber und nach häufigem Staubsaugen. Der Geruch war mir von der Schulbibliothek her vertraut. Kein Wunder, denn die Innenseiten und Böden der Schränke waren mit Teppich beklebt. Auf den oberen Regalen lagen gefaltete Decken. Ich wartete das Ende des Abendessens darin ab, dann stellte ich mich an das staubige Fenster und beobachtete, wie alle herauskamen.

Gruppen von Kindern liefen über den morastigen Rasen. Ein Mädchen war mir vorher schon einmal aufgefallen. Sie balancierte mit ausgestreckten Armen auf einer niedrigen Mauer. Jedes Mal, wenn sie das Gleichgewicht zu verlieren drohte, riss sie die Arme hoch. Ohne groß zu überlegen, leckte ich an der Fensterscheibe. Die Staubschicht war so dick, dass ich sie nicht ablöste, sondern einen schmierigen Streifen mit Bläschen hinterließ. Aber als ich mit dem Saum meines T-Shirts daran gerieben hatte, konnte ich durch die Stelle nach draußen sehen. Im Zimmer wurde es nach und nach dunkler, und ich spürte, wie die Schatten von der Decke von hinten auf mich zukrochen. Ich rauchte meine unsichtbare Zigarette und beobachtete alles noch eine Weile, dann schob ich das Fenster so weit auf, wie es der Sicherheitsriegel zuließ, und rief nach dem Mädchen. Sie schaute stirnrunzelnd hoch, dann sah sie mich, kam ins Haus und fand mich.

Donna mit dem trägen Blick. Man hatte sie aus Manchester hierher verfrachtet. Ihr schwarzes Haar war im Nacken kurz, ihr Pony stumpf geschnitten. An dem Tag trug sie ein orangefarbenes T-Shirt mit der Aufschrift *International Sports Society* und der Silhouette eines Speerwerfers. Auf meinem war eine Zeichnung mit einem Croissant und einem Fahrrad. Was man Kindern nicht alles antut. Donna ist zwei Jahre älter als ich, war damals also dreizehn, doch sie sah viel jünger aus und verhielt sich auch viel jünger. Jahre später erzählte sie mir, dass sie regelmäßig von der Schule nach Hause geschickt wurde – ihre Unterhose schwang sie in einer Plastiktüte. Wir warteten zusammen und sahen zu, wie alle verschwanden. Dann setzten wir uns unter die niedrigen Kinderwaschbecken im Badezimmer. Donna mochte das Geräusch, wenn man alle Hähne aufdrehte und die Stöpsel nicht drin waren. Ich wiederum stellte fest, dass ich mir wer weiß was vorstellen konnte, wenn ich dem Fließen des Wassers zuhörte. Ansonsten habe ich keinen blassen Schimmer mehr, über was wir sprachen. Sie auch nicht. Es wurde spät, und als wir hörten, wie müde Schritte die Treppe herauftrapsten, setzten wir uns wieder in den Schrank in dem leeren Raum.

Ich erwachte als Erste und streckte meine steifen Beine aus. Nebenan war noch niemand wach. Ich hörte jedenfalls niemanden im Flur herumwuseln, nur der Regen rann über die Fensterscheibe. Ich schob die Schranktür auf, kroch hinaus und stellte mich hin. Das Licht am oberen und unteren welligen Rand der genoppten Wollstoffgardinen hatte die seltsame ätherische Röte, bei der man nicht sagen kann, welche Tageszeit herrscht. Ich zog die Gardinen zur Seite, die Ringe klapperten auf der Stange, und das Licht flutete über die sechs ordentlich gemachten Betten.

Hinter den Glasscheiben bebten dicht belaubte Bäume. Es sah tropisch aus: der beinahe lautlos strömende Regen, das tropfende Laub. Doch ich fror, meine Zehen waren grau vor Kälte. Ich ging wieder in den Schrank und zog die Decke um mich. Ich beobachtete, wie der Schatten einer Wolke über die mit Teppich beklebte Wand des Schranks und durch die Ecken der Zimmerdecke zog und sich über die Rillen im Türrahmen legte. Dann schaute ich Donna an.

»Was gaffst du«, sagte ich.

Sie schaute mich mit ernstem, schlaftrunkenem Blick an. Ihr Gesicht war weich und verquollen. Auf einer Wange hatten die Falten der Decke eine Landkarte hinterlassen. Donna zog einen blassen dünnen Arm aus ihrem Kokon und zeigte kurz auf mich.

»Du bist ganz schwarz um die Augen«, sagte sie.

»Ja.« Ich rieb mir mit zwei Fingern über ein Auge. »Ich weiß.«

Sie tat es mir nach. »Wenn ich mir das Auge reibe, wird es dann auch schwarz?«, fragte sie und rieb weiter.

Wahrscheinlich müsste ich jetzt nur noch erzählen, dass ich sie an meiner Phantomzigarette ziehen ließ, aber so läuft das zwischen uns nicht.

Meine Mutter sagte, nun, da ich zur höheren Schule gehen würde, wolle sie mir eine Uhr kaufen, und ich suchte mir in einem Katalog eine aus. Auf dem Zifferblatt prangte eine krakelige Zeichnung von zwei Giraffen und einem Zebra; das dicke, rote Elastikarmband hatte braune und cremefarbene Zickzacklinien. Früh am Samstagmorgen klopfte meine Mutter an meine Tür. Ich war schon eine Weile wach und hatte das Fenster geöffnet, weil ich die Spiegeleier roch, die sie meinem Bruder zum Frühstück briet, und den Geruch hasste. Der Regen sprühte ins Zimmer, mir auf Arme und Buch. Als ich sagte, ich käme gleich, setzte sie sich ins Auto und wartete dort.

In den dunklen Fluren des Birkenhead Pyramids Shopping Centre betrachtete ich die sandigen Pfützen, die über den geborstenen gelben Beton schwappten, die aufgequollenen Kippen in den Abflussrosten, eine zermatschte Fritte an meinem Schuh.

»Was ist los mit dir?«, sagte meine Mutter. »Nimm mal dieses Gesicht ab. Ich bin nur deinetwegen hier.«

Achselzuckend schaute ich hoch und in der Gegend herum.

Kaum hatte meine Mutter die Armbanduhr bezahlt, legte ich sie mir an. Ich stellte die Zeit ein, als wir zum Auto gingen. Auf dem Nachhauseweg fuhren wir zu dem neuen Drive-in, denn meine Mutter wollte meinem Bruder ein paar Hamburger und einen Milchshake mitbringen.

»Willst du was?«, fragte sie mit einem Seitenblick zu mir herüber, doch ich war mit meiner Uhr beschäftigt und wollte nichts.

Ein paar Wochen später stand ich in Schuluniformrock und dem T-Shirt, in dem ich geschlafen hatte, auf der Stufe vor der Tür zum Garten nach hinten hinaus und aß einen Apfel zum Frühstück. Mein Bruder war in seinem Zimmer, der Fernseher lief. Sogar durch zwei geschlossene Türen hörte ich schrilles Gelächter und Musik. Ich hörte auch das hohe Summen meiner Mutter aus der Küche, die ihm Eier briet, bevor sie zur Arbeit ging. Dann verstummte das Summen, und sie steckte den Kopf durchs Fenster.

»Willst du auch was Warmes? Ich mache gerade was für deinen Bruder.«

Ich verneinte und wedelte mit meinem halb aufgegessenen Apfel.

»Gut«, sagte sie, und dann: »Wo ist deine Uhr, Esther?«

»In meiner Schultasche«, sagte ich.

»Zieh sie lieber an. Wenn du sie nicht trägst, verlierst du

sie. Lass mich sehen, wie du sie anziehst, sonst vergisst du es noch.« Sie machte ein bekümmertes Gesicht und ging nicht zu ihrer Pfanne zurück, sondern blieb am Fenster stehen.

»Ja, gleich«, sagte ich. »Jetzt esse ich.«

Dann ging ich mit gesenktem Blick an ihr vorbei nach oben, um mich fertig anzuziehen. Als ich zurückkam, steckte meine Uhr in der Tasche meiner grauen Strickjacke.

»Wo ist die Uhr, Esther?«, fragte meine Mutter. »Es ist eine gute Uhr, und sie soll lange halten.«

Ich band sie um und sagte: »Zwing mich nicht, sie zu tragen.«

Ich sagte es sehr leise und wich ihrem Blick aus. Ich betrachtete nur das Geschirrtuch an einem Haken hinter ihr.

»Herrgott noch mal! Was ist los mit dir?«

Die Stimme meiner Mutter wurde hoch. Sie packte mich an den Schultern und schüttelte mich. Ich ließ mich hängen.

»Stell dich gerade hin«, sagte sie.

Wir hörten die Dosentomaten in der Pfanne zischen und rochen, wie sie anbrannten.

»Letzte Woche hat dir die Uhr doch gefallen. Was ist denn jetzt anders?«

Ich antwortete nicht.

»Wieso heute nicht, Esther? Hat in der Schule jemand was gesagt? Komm, trag sie. Mach schon, trag sie. Mach schon. Was ist jetzt anders?«

Ich presste mir die Handballen auf die Augen, sank an die gekachelte Küchenwand, verbarg mein Gesicht hinter den Fäusten, zog die Schultern nach vorn und drückte die Knie zusammen. Ich wappnete mich, spürte, wie das Blut in meine Wangen schoss und sie heiß wurden und kribbelten. Ich schluchzte Rotz und Wasser, so dass meine Lippen ganz glitschig wurden. Dann weinte ich vollkommen lautlos und suchte nach einem Geräusch, das ich ausstoßen konnte. Wenn ich tief einatmete und die Luft anhielt, spürte ich ein Stechen in der Nase. Die Tränen quollen mir aus den Augen, ich blinzelte, und dann flossen sie mir aus den Augenwinkeln, über Hals und Ohren.

»Was ist los, Esther?«, fragte meine Mutter ein ums andere Mal.

»Nichts«, schniefte ich. Es stimmte. Doch mein Gesicht war vom Schluchzen ganz matt, wie bei einem kleinen Kind.

»Ja, aber warum machst du denn dann so ein Theater? Herrgott noch mal«, sagte sie mit gequälter Miene. »Geh und wasch dich. Jetzt komm ich zu spät. Herrgott! Du solltest fröhlich sein. Du tust ja so, als ob dich jemand missbrauchte.«

Aber ich war plötzlich ganz ruhig. Ich gähnte sogar ein wenig, als ich mir mit dem Handrücken über die roten Augen fuhr.

Meine Mutter fragte mich immer, warum ich alles als so traumatisch erlebte. Die Frage war völlig berechtigt, doch das Gefühl fand ich schwer zu beschreiben. Irgendetwas in mir kämpfte, riss an einem Sargdeckel. Dann wieder fühlte ich mich wie eine Heiligenstatue, der die Tränen herunterkullern. Wenn ich in Donnas Beisein weinte, sagte ich in einem fort: »Ich bin so allein.« Sie sagte nie: »Du hast doch mich«, sondern immer: »Jeder ist allein. Also, was redest du?« Und das ist Grund genug, warum wir Freundinnen sind.

Wie schon erwähnt, konnte meine Mutter nie etwas wegwerfen. Doch gelegentlich veranstaltete sie sonntägliche Saubermachorgien. Die fingen damit an, dass sie in aller Herrgottsfrühe mit dem Staubsauger gegen meine Zimmertür rumste, und sie hörten damit auf, dass sie in dem Schrank unter der Treppe hustete, während sie eingestaubten Tinnef und ungenießbare Schnäpse aus dem Duty-free-Shop aus alten Pappkartons in neue umpackte. Mitte der Woche sah alles mehr oder weniger aus wie vorher. Immer verstellten wacklige Zeitungsstapel die Zimmerecken, kletterten beigefarbene Plastikkisten die Treppen hinauf und bevölkerten die Räume. Die Kisten waren brüchig und verstaubt und auf dem Boden klebrig – wenn man den Boden überhaupt zu Gesicht bekam, weil man aus irgendeinem Grunde in den Zeitungsbeilagen, abgelaufenen Garantiezetteln, Jahre alten ausgeschnittenen Sammelpunkten, leeren Batterien, ausgetrockneten Kugelschreibern, grau gestreiften Apothekenpapiertüten, die sie alle aufhob, herumwühlen musste. Nur im Zimmer meines Bruders konnte sie nicht saubermachen. Als sie abends einmal hineinging und die Becher dort einsammeln wollte, ging er mit dem Beistelltisch, dessen Beine auf ihre Brust gerichtet waren, auf sie los. Ich stand im Flur und hörte seine Freunde lachen. Dieses Zimmer wurde also nie aufgeräumt; aber dass das Haus von oben bis unten voller Müll war, muss ich wohl nicht betonen.

Als ich einmal nachmittags die Schule schwänzte und mir einen Tee machte, warf ich einen Karton mit sauer gewordener Milch weg. Und weil der Kühlschrank nun schon auf war, ging ich alle Fächer durch und warf auch Gläser mit pelziger Marmelade, ein völlig vertrocknetes, rissiges Stück Käse sowie das halb aufgegessene Putensteak meines Bruders (das sie vor Wochen in einen Jiffyumschlag gelegt hatte) in den Müll. Ich befreite ganze Plastikbehälterstapel von vergammelten Resten und warf aus einem Schrank ein Dutzend leere Marmeladengläser, eine Schachtel steinharte Rosinen und eine Tüte madenverseuchtes Mehl weg. Und da ich einmal dabei war, nahm ich den Müllsack aus der Tonne und ging damit ins Badezimmer hoch, um das vollgestopfte, puderverschmierte Schränkchen dort auszumisten. Die Gläser klirrten und beulten den Boden des dünnen Müllsacks aus. Als er voll war, band ich ihn oben zusammen und stellte ihn an die Haustür.

Dann setzte ich mich mit einem Buch ins Zimmer meiner Mutter, dessen Schloss ich mit einer Schere geknackt hatte. Gegen sechs hörte ich sie von der Arbeit nach Hause kommen und ging hinaus, um sie zu begrüßen.

Sie stellte ihre Arbeitstasche auf den Küchenstuhl, füllte den Kessel mit Wasser und öffnete den Kühlschrank.

»Was hast du gemacht – wo ist das Essen?«, fragte sie.

»Ich habe ein Glas mit Chutney weggeworfen«, erwiderte ich.

»Nein, das stimmt nicht. Was hast du sonst noch weggeworfen? Was hast du gemacht?«

Sie holte den Müllsack von der Haustür. Ihr Gesicht war schon hochrot, und ihre Mundwinkel verzogen sich dauernd nach unten.

Mein Bruder kam und blieb in der Küchentür stehen.

»Sie hat auch meine Karten weggeworfen«, sagte er.

Was keineswegs der Fall war.

»Was für Karten? Spielkarten?«, fragte sie.

»Fußballbilder. Bruce Grobbelaar fehlt; sie lagen auf der Fensterbank in meinem Zimmer.«

»Warum hast du das getan, Esther?«, sagte sie. »Du bist abscheulich.«

Sie kniete sich neben den Sack und fing an, darin herumzuwühlen. Sie fand den Behälter eines Toilettenspülsteins, den ich hineingeworfen hatte.

»Der ist wiederverwendbar«, sagte sie und legte ihn neben sich auf den Linoleumboden, wo sie nun, den Wintermantel um sich gebreitet, hockte.

»Du hast sechs davon«, sagte ich.

»Es sind alles verschiedene Marken«, sagte sie, nahm den Müllsack mit beiden Händen und schaute hinein. Sie fischte noch einen von den Behältern heraus, ein schmieriges, blassgrünes Körbchen, und legte auch das neben sich. »Was hast du sonst noch weggeworfen? Sag es mir. Warum musst du mir immer noch mehr Arbeit machen?«

»Hast du meine Bilder gefunden, Mum?«, sagte mein Bruder. Er stand weiter in der Tür und atmete heftig.

Meine Mutter ging mit beiden Armen tiefer in den Beutel und schaute mich an. Ich roch das verdorbene Essen: trocken und faulig zugleich.

Nun, was wäre schlimmer gewesen? Wenn ich meine Mutter da auf dem Küchenfußboden hätte sitzen und in dem Müll herumwühlen lassen wie das demütige Nippesfigürchen auf Donnas Kommode, oder wenn ich den Sack genommen, mich an den bedrohlich breiten Schultern meines Bruders vorbei durch die Schiebetür gedrängt und den Sack oben auf dem Bett meiner Mutter ausgeleert hätte? Damit sie all das, was sie so dringend brauchte, wiederfand! Was wäre schlimmer gewesen? Also bitte!

Ich habe mich für Letzteres entschieden. Und als meine Mutter anfing zu weinen, verpasste mir mein Bruder ein paar kräftige Tritte, und wir waren alle quitt. Zumindest für den Abend. Aus meinem versperrten Zimmer hörte ich die beiden später auf dem Treppenabsatz lautstark über mich flüstern.

Hinterher entschuldigte ich mich, wie immer. Nicht

dass es etwas gebracht hätte. Im Gegenteil, es war vollkommen sinnlos, denn meine Mutter nahm es stets nur zum Anlass, mich mit leerem Blick auf widerliche Art fertigzumachen. Sie sprach nicht *mit* mir, sondern spulte in ihrem Singsang Phrasen in einer Endlosschleife ab: Ach herrje, was hast du bloß immer, et cetera pp. Angeblich komme ich aus dem Bauch dieser Frau, doch sie schaute durch mich hindurch und redete in einem fort. Deshalb kann ich heute keine Gespräche ertragen, die keine Gespräche sind. Auf Derartiges lasse ich mich nicht ein. Wenn meine Mutter so loslegte, wurde ich panisch, aber was ich wirklich von ihr wollte, wusste ich nicht. Heute weiß ich, dass es ihr viel schlechter ging, als ich es mir je vorstellen konnte. Damals ahnte ich es nur, und darum war mir mein Verhalten auch egal. Ich dachte immer, egal, wer sie ist, sie ist jedenfalls nicht die, die sie darzustellen versucht. Die eigentliche Person, schien mir, war irgendwo in ihr drin, aber gefangen in einem gnädigen Idiotenschlaf, während die Person, die sie spielte, irgendwann ja spielen musste, den ganzen Tag funktionierte, Fernsehen guckte und Sachen hortete und einem die Abende mit Nörgeln und Weinen kaputt machte.

Die beiden letzten Jahre in der Schule glänzte ich meist durch Abwesenheit; ich schrieb mir Entschuldigungen wegen Krankheit und traf mich mit Donna in Liverpool und Manchester. Oder ich sagte »Hier«, wenn mein Name am Anfang der Stunde aufgerufen wurde, ging mit einem

Buch zum Klo und blieb dort. Verschloss die Tür, zog die Schuhe aus und legte die Füße an die warmen Rohre. Vollkommen ruhig und friedlich saß ich da und las. Manchmal drehte ich alle Wasserhähne auf. Das mit dem fließenden Wasser stimmt. Man kann alles, was man will, darin hören. Mit sechzehn ging ich ohne Abschluss von der Schule ab. Sie können sich vorstellen, dass sich meine Mutter noch monatelang das Gesicht zerkratzte. Mit Tischeabwischen sollte ich mir meinen Lebensunterhalt ja nun nicht verdienen. Doch eines hat sie nie gelernt: Finger weg von dem, was dich einsam macht. Koste es, was es wolle – hau ab. Sie aber hat meinen Vater verlassen und ist nur zu *ihrem* zurückgekehrt. Uns hat sie mitgenommen. Ein Fehler. Man lässt sich auf die absurdesten Situationen ein, wenn man nicht vernünftig nachdenkt. Ich weiß nicht, warum die Leute so darauf erpicht sind, im freien Fall in eine solche Scheinwelt hinabzustürzen.

Ich habe seit mehreren Jahren nicht mit meiner Mutter gesprochen, doch weil mich gestern komischerweise ihr Handy immer wieder von selbst anrief, konnte ich ihren Abend belauschen. Bei jedem ihrer Schritte hörte ich die Sachen in ihrer Handtasche leise klappern – wahrscheinlich gedämpft von all den benutzten, doch wieder verwendbaren zusammengeknüllten Papiertaschentüchern. Ich hörte es bei jedem ihrer schweren Schritte. Mark – ihr neuer Gatte – redete ununterbrochen, und sie lachte atemlos, während ihre Tasche im Takt ihres stolpernden Gangs hin und her baumelte. Sie und Mark gingen bestimmt vom Pub nach Hause. Ich hörte zu. Ich unterbrach die Verbindung nicht. Meine Mutter lief und lief, und er rannte voraus und hielt fröhlich Volksreden.

Auf ihrer Hochzeit war ich nicht. Ein paar Wochen vorher war ich mit ihnen in Liverpool essen, und das reichte. Ich war pünktlich, doch sie schienen schon eine Weile in dem Restaurant zu sein; sie saßen auf einer Seite des Tischs und studierten zusammen die Speisekarte. Sie lächelten mich auch beide gleichzeitig an. Zwei angestrengt lächelnde Gesichter. Ich ließ mich auf die Bank ihnen gegenüber fallen und lächelte zurück.

Mark ist ein lauter Bursche mit Tränensäcken, den meine Mutter in einer ihrer Gruppen kennengelernt hat. Während des Essens sagte sie die ganze Zeit Sachen zu ihm wie »Du trägst das Hemd nie« und zog einen Schmollmund und schaute mich an.

Sie hatte mich gefragt, ob ich bei ihrer Hochzeit etwas lesen würde. Doch während wir alle eifrig mit unserer Suppe beschäftigt waren, sagte sie: »Ach, du brauchst nichts vorzulesen. Mark hat das, was ich ausgesucht habe, nicht gefallen.«

Dann setzte sie eine tief bekümmerte Miene auf und malte sich die schmollenden Lippen an. Sie trug das Haar offen und schob es sich fortwährend hinter die Ohren und zog es wieder nach vorn.

Mark fuchtelte mit dem Löffel herum und sagte: »Na,

was du mir gezeigt hast, waren doch nur Knittelverse. Grußkartenpoesie.«

Meine Mutter spielte, ohne den Blick von mir zu nehmen, weiter die Gekränkte und quiekte ein paarmal beleidigt, bis Mark sie im Nacken fasste und »Tse, tse« machte.

Ich sah immer wieder nach draußen; es regnete in Strömen.

Beim Hauptgang meiner Mutter gab es einen Irrtum. Als sie das dem Kellner sagte, fing der an, sie abzukanzeln, als hätte sie die Speisekarte nicht richtig gelesen. Er war sehr jung und sehr fies. Beim Bemühen, selbstsicher und beherrscht zu sein, und all das andere, von dem sie immer las, wurde ihre Stimme hoch, und je höher sie wurde, desto dünner wurde sie.

Mark stützte sich mit den Ellenbogen auf den Tisch, hielt sich die Ohren zu und kniff die Augen zusammen; alle tiefen Falten in seinem Gesicht zogen sich zu den Augenschlitzen hoch. Wie sich herausstellte, hasste er Szenen. Gut, dagegen ist ja auch nichts einzuwenden; wer mag schon Szenen? Er aber verzog das Gesicht so sehr, dass seine schlechte Haut spannte und einen lila irisierenden Perlmuttton annahm. Der auch erst wegging, als der Kellner wieder fort war. Meine Mutter wagte kaum noch zu atmen. Als dann doch das richtige Essen kam und sie zu Messer und Gabel griff, zitterten ihre Hände. Und ich wusste, dass dieser Kellner sich über sie auslassen würde, sobald die Küchentür hinter ihm zuschlug. Ich hörte, wie sie sich schloss, und wusste, welche Worte er gebrauchen würde. Ich fand es unerträglich.

Als meine Mutter die Brille aufsetzte, um die Dessertkarte zu lesen, schob sie das Kinn vor und blickte mit großen, blinzelnden Augen zu ihrem zukünftigen Gatten auf. Er tätschelte ihr die Hand, und sie widmete sich der Auswahl des Nachtischs. In der Geste lag das ganze Leben der beiden, tagsüber zankten sie sich, und in der Dunkelheit zwischen den Tagen redeten sie in Babysprache miteinander. Aber es ist, glaube ich, nur deshalb deprimierend, weil ich es deprimierend finden will. Ich weiß nicht, warum ich mich an all das erinnere, bewusst den Weg in die Vergangenheit einschlage. Ich weiß, ich bin auch nicht besser als meine Mutter, als sie in dem Müllsack wühlte, doch offenbar kann ich nicht anders.

Mark tyrannisiert sie wenigstens nicht, immerhin etwas, denn tyrannisiert wurde sie bis dahin ihr Leben lang, von ihrem Vater, von meinem Vater, von meinem Bruder. Ja, ich weiß, auch ich habe mich ihr gegenüber schrecklich benommen, aber – wie soll ich sagen? – zumindest schlage ich die Beine übereinander, wenn ich mich setze. Ist das zu grob ausgedrückt? Ich trinke noch ein bisschen Tee, schaue aus dem Fenster und denke darüber nach.

3

Ich stecke den Stift in meinen Pferdeschwanz und gehe durch die Oldham Street, um Donna bei der Arbeit zu besuchen. Auf der Tafel draußen vor dem Café wird die Schrift »DONNA'S MAGIC COFFEE – verdreht Ihnen den Kopf« (Comicgesichter bestätigen es) langsam von dem unablässigen Regen weggewaschen. Das grelle Licht, das unter den Rändern der dunklen Wolken hervorströmt, schmerzt mich in den Augen. Wie schön, wenn ich gleich drinnen bin und eine Weile im weichen Dämmerlicht sitzen kann.

Donna trägt ein altes Paar Fantasieflügel, Relikt einer lange zurückliegenden Kostümparty. In dem grau werdenden Nylon, das über einen gebogenen Drahtrahmen gespannt ist, dehnt sich ein Dutzend Löcher. An den Flügelspitzen hängen Bänder und Glöckchen, der Glimmer darauf glitzert grünlich. Als Donna mich sieht, tut sie, als setze sie zwei Flaschen an den Mund, schielt heftig und torkelt in der Gegend herum, hierhin, dorthin. Sie ist auf einem trüb beleuchteten Deck, gepeitscht von Sturm und Regen. Donna in einem Vigo-Film.

Ich stelle den Ventilator am Ende des Tresens an und sage: »Die Windmaschine.«

Während die Blätter in dem Schutzgitter schneller rotieren, setze ich mich und beobachte, wie der Regenbogen in den Stäben spielt, der herumwirbelnde Staub schimmert. Donna stellt die Kaffeemühle an und lässt Schnäpse in zwei rote Becher laufen. Ein lockenköpfiger, trauriger alter Sack am Fenster schaut von seinem Glas auf.

»Alkoholsüchtige Hexen«, sagt er.

Ich drehe in aller Ruhe den Kopf und zische ihn an, und er fängt an zu grummeln: »Seit meiner Schulzeit ... immer diese herrschsüchtigen Weiber, Scheiße ... Immer predigen sie einem ... Iss dein Gemüse ... Vielleicht bin ich deshalb so geworden ...«

Als ich an ihm vorbeischaue, sehe ich draußen jemanden in einem riesigen, schmutzigen Anorak – das Gesicht ist nicht erkennbar, nur zwei spitz zulaufende fettglänzende Haarsträhnen, die sich aus einer fellverbrämten Kapuze winden – langsam vor dem großen Fenster mit den getönten Scheiben vorbeigehen.

»Donna«, sage ich und schlage mit der Hand auf den Tresen, »eben ist ein *Eskimo* vorbeigelaufen – ehrlich, ich schwöre es.«

Donna schaut mich an und sagt: »Ja, ja, Manchester, die Stadt der Extreme ...«

Ich gehe mit meinem Glas zu einem der freien Tische hinten im Raum; lehne mich dagegen, lege mich darauf.

Auf der klebrigen Oberfläche haftet mein Mantel, als hätte er einen Klettverschluss. Ich liege mucksmäuschenstill, den Becher auf der Brust, lausche meinem eigenen Atem und starre in ein Gewirr von Kabeln, die aus einem Loch in dem geflickten Verputz hängen. Zwei riesige, schief an zwei Goldketten baumelnde Bleiglaslampen schimmern kränklich gelb. Ich schaue sie zu lange an, denn als ich die Beine wieder auf den Boden setze und aufstehe, sehe ich nur flackernde Muster auf dunklem Grund, und ich muss lange blinzeln, bis ich Donna nicht mehr nur als Silhouette wahrnehme. Ich setze mich an den Tresen, um die Zeitungen zu lesen und sie vollzuquatschen.

»Donna, ich langweile mich zu Tode«, sage ich immer wieder und warte, dass sie die Geduld verliert und mich anschreit, doch vergeblich.

»Die Neue für samstags hat gerade angerufen, sie kommt gleich und holt sich ihren Lohn ab«, sagt sie. »Scottish Mary. Du musst mir sagen, was du von ihr hältst.«

Sie verzieht den Mund und flattert davon, um irgendwo was abzuwischen.

Keine Ahnung, was Donna erwartet hat, aber ich habe kaum fünf Minuten mit Mary geredet, da weiß ich schon, dass ich ein Poster von ihr für mein Zimmer brauche. Sie kommt stöhnend herein und setzt sich neben mich an den Tresen. Sie ist sehr groß, wirkt sehr jung und trägt eine schmuddelige Stofflilie in ihrem dunklen, kurz geschnittenen Haar. Donna stellt uns einander vor. Ich sage: Hi, und Mary nickt. Sie nimmt einen Schein aus der Plastiktüte mit Fünfpfundnoten und Münzen, die Donna ihr gerade zugeworfen hat, und bestellt sich einen Brandy. Sie bietet auch mir und Donna einen an, deutet mit dem Finger auf ihr Glas und hebt fragend eine Braue. Donna gießt uns ein, dann erkundigt sie sich bei Mary, wie ihr Samstagabend noch war. Irgendwas muss passiert sein; Mary verdreht die Augen. Sie erzählt uns beiden davon, von ihrer idiotischen Verabredung. Erst redet sie schnell, aber kein dummes Zeug, dann plötzlich langsamer und fixiert uns mit ihrem Blick. Ich bin wie hypnotisiert. Donna auch. Das weiß ich, weil ich sie ebenfalls beobachte.

»Herr im Himmel!«, sagt Mary. »Meine Ansprüche sind ja nun wirklich nicht hoch, ich will mich doch nur mal eine halbe Stunde lang mit jemandem angeregt unterhalten, doch jedes Mal enttäuschen diese Typen einen total. Deshalb hatte ich ja schon beschlossen, nicht mehr mit ihnen zu reden. Ich wollte nicht mal ihre dämlichen Namen wissen. Das war auch eine Weile in Ordnung, aber jetzt erwischt es mich wieder. Die Feministin in mir wird *wütend*, denn ich ertappe diese Kerle dabei, wie sie mir Blicke zuwerfen, als sei ich eine gottlose Schlampe, die sie verachten können ... Und dann denke ich: *Der Blick gefällt mir nicht. – Arschlöcher.*«

Sie reißt die Augen auf und schlägt mit der Faust auf den Tisch. Synchron mit den Tassen auf den Untertassen und dem Blechaschenbecher auf dem Tresen springe ich von meinem Barhocker hoch. Völlig mitgerissen.

»Aber das ist in Ordnung«, sagt sie, dreht sich um und schaut mich an. »Dann hat man sie gar nicht erst an der Backe.«

Sie steht auf, schiebt sich das Haar über den Mantelkragen, heftet den Blick zuerst auf mich, dann auf Donna und sagt den entscheidenden Satz: »Sie sollen einem die Möse lecken, und dann muss man sie hochkant auf die Straße setzen.«

Die abgewetzte Kameratasche mit dem schnauzenähnlichen Vorderteil, in die sie Geld und Tabak steckt, schlägt ihr an den Hintern, als sie geht. Bam-bam-bam, klingt es, dann bleibt sie in der Tür stehen, um sich eine ausgeleierte Burlington-Socke hochzuziehen, und dann ist sie weg; durchs Fenster sieht man, wie ihr ausgestellter, knielanger Rock fliegt.

Donna nimmt die Brille ab und wischt sie am Ärmel sauber.

»Auweia, die ist doch mindestens 'nen Meter achtzig«, sage ich.

»Ja«, sagt Donna. »Als wir letzte Woche zusammen gearbeitet haben, bin ich immer in Brusthöhe an ihr vorbeigelatscht und habe gedacht: Wie vielfältig ist doch die Natur.«

Ich trinke noch einen Zauberkaffee, und dann möchte ich unbedingt wieder hinaus in die Kälte.

Von dem vielen Koffein gerät mein Herz ins Flattern. Ich gehe mit gesenktem Kopf und fahre mir mit der Zunge über die klappernden Zähne, die sich plötzlich anfühlen wie aus Styropor, als wenn man sie zusammenquetschen könnte und sie quietschen würden. Meine Finger kneten die Münzen in meinen Jackentaschen, während ich durch die halb aufgetauten Schneeflatschen im Rinnstein stapfe; über den Bürgersteig mit der rutschigen, hubbeligen Eisschicht laufe ich lieber nicht.

In Chinatown kaufe ich mir ein Paar billige Schuhe, bestickte Mary-Janes aus Samt. Jetzt friere ich zwar an den Füßen, kann mich aber wenigstens aufrecht halten. Beim Gehen schwinge ich meine Stiefel im Kreis. Als ich am Odeon vorbeikomme, strömt eine Schar Kinder heraus; alle blinzeln im Tageslicht. Kinder mit genervten Eltern. Begeistert plappern sie auf ihre Mütter und Väter ein, die versuchen, ihnen Mützen und Handschuhe überzustreifen, und ihre Arme durch Anorakärmel ziehen. Ich sehe einen Jungen mit seinem Vater. Beide in Jeans und Desert Boots und neonfarbenen Skijacken. Der Vater trägt Fausthandschuhe und behält eine Hand auf dem Kopf des Kindes, während es eine Kampfszene nachspielt. Er hat die Hand, die aussieht wie eine Klaue, in dem dunklen Haar des Jungen und lacht die ganze Zeit, und der Junge schlägt mit den Fäusten in die Luft. Von dem Kaffee habe ich einen heißen Kopf und höre nur das weiße Rauschen des Regens auf der Straße. Wie schön wäre es, wenn man Papas starren

Arm abhacken könnte, damit der Junge weglaufen kann. Aber er würde gar nicht weglaufen, nicht wahr? Das wäre nämlich das Problem: Er würde an Ort und Stelle bleiben, als wäre er mit einem Strick angebunden, er würde zurückzuweichen versuchen, Abstand halten, aber nicht weglaufen. Doch Kinder mögen mich sowieso nicht. Ich muss mich setzen. Ich hocke mich an die Wand unter die Filmplakate, beuge den Oberkörper vor und atme zwischen meinen Knien durch.

Als ich wieder in der Wohnung bin und sich das Badezimmer dreht, drehe ich mich in entgegengesetzter Richtung und schlage mit den Ellenbogen an die Kacheln. Dann falle ich auf die Knie und schaue mich mit benebeltem Blick in der unteren Hälfte des riesigen Spiegels an. Ich fange an, meinem Spiegelbild zischend und flüsternd und mit heftigen Kopfbewegungen gut zuzureden. Dann wird mir das zu langweilig, und ich krieche flink durch den dunklen Flur in mein Zimmer, nicht ohne mir durch die Jeans die Knie aufzuschürfen. Die Kälte sticht in meinen Augen, und meine Haut kribbelt wie elektrisiert. In Gedanken halte ich jemandem, den ich einmal gekannt habe, eine Moralpredigt; von allen Seiten schiebt sich Stille auf mich zu. Als ich mich mit dem Rücken an den Heizkörper setze, brennt das kalte Metall durch meine Strickjacke. Ich strecke eine Hand aus und sehe alles an den Rändern verschwimmen. Hm … entweder verschwimmen oder glühen. Das ist sehr wohl die Frage. Wer weiß, was ich hier für ein Spiel spiele? Ich sabotiere mich selbst, ganz unbekümmert, will ich hoffen. Als wenn man eine kaputte Uhr schüttelt und dann lauscht, ob sie wieder anfängt zu ticken. Ich stehe auf, schüttle mich und beiße die Zähne zusammen, damit ich ruhig werde. Dann gehe ich in die Küche, nehme etwas von dem Geschirr aus dem Schrank, das ich mitgebracht habe, und fange an, es durch den Flur zu kullern. Erschöpft beschließe ich dann, eine schöne makabre Vorstadtszene zu machen, wenn Donna nach Hause kommt. Ich hocke mich in eine dunkle Ecke, Schultern nach vorn, Knie am Kinn, Blick abwesend, zerbrochenes Geschirr zu meinen nackten Füßen.

»Du hast mir so gefehlt«, sagt sie, als sie hereinkommt und mich sieht.

Sofort fühle ich mich viel besser. Ich sauge die Scherben erst einmal nicht weg, sondern ziehe die Schuhe wieder an, hebe die größeren Stücke auf, hole einen schwarzen Filzer aus der Besteckschublade, schreibe auf ein Blatt von unserem dicken cremefarbenen Briefpapier

NACKTE FÜSSE, PASST AUF

und deponiere es an der Haustür, die Schneekugel als Beschwerer darauf.

Ich lege Gemüse in einen Topf, setze mich auf die Arbeitsplatte in der Küche und lese in meinem Buch. Donna zeigt auf die blauen chinesischen Schriftzeichen, die in die Spitzen meiner feuchten neuen Schuhe gestickt sind.

»Was bedeuten die?«, sagt sie.

Ich strecke einen Fuß nach dem anderen aus und sage: »Na, ist doch klar, ›links‹ und ›rechts‹.«

»Love and Peace«, sagt sie.

Sie verzieht theatralisch das Gesicht, ich schüttle mich theatralisch.

Beim Essen sagt sie: »Habe ich dir jemals von meinem alten Freund Seymour erzählt?«

Nein.

»Ich habe ihn vor Jahren kennengelernt, bevor du eingezogen bist. Heute war jemand im Café und hat mir erzählt, dass er eingewiesen worden ist, weil er versucht hat, sich umzubringen. Offenbar hat er alle möglichen Pillen geschluckt und ist dann in die Nachmittagsvorstellung im Odeon gegangen, in eine romantische Komödie, in der er wegzudämmern hoffte. So weit, so gut. Aber der Film muss grottenschlecht gewesen sein.« Hier wirft sie mir einen schrägen Blick zu und zuckt mit der Braue. »Denn er ist rausgegangen und wurde aufgegriffen, als er auf dem Piccadilly Gardens herumgewandert ist.«

Es ist ihr unbegreiflich. Ich denke über die Geschichte nach. Überlege. Dann erzähle ich auch etwas.

»In *Crimewatch* haben sie mal was über eine verschwundene Frau gebracht. Sie hatten sie auf einem Überwachungsvideo. Sie ging mit einem Mann weg, über die High Street, sehr dicht neben ihm, sie wand sich, schleppte sich vorwärts, schrie aber nicht, weil er eine Knarre hatte. Es heißt ja immer, man soll so tun, als würde man ohnmächtig; man soll zusammensacken und sich ganz schwer machen«, ich gestikuliere mit dem Messer, um meinen Worten Nachdruck zu verleihen, »wenn sie einem eine Schusswaffe durch die Jacke bohren oder ein Messer an den Rücken halten. Dann müssen sie einen nämlich hinter sich herschleifen, und das erregt mehr Aufmerksamkeit. Wird jedenfalls behauptet. Wenn man anfängt zu schreien, kriegen sie vielleicht Panik und bringen einen um, deshalb muss man sich tot stellen und darauf hoffen, dass ausnahmsweise mal jemand hinsieht.«

»Gut, Esther, worüber reden wir hier?«

Ich sauge an meinen Zähnen, verziehe das Gesicht, zucke mit den Schultern.

»Eigentlich war Seymour schon immer völlig durchgeknallt«, sagt sie. »Er ist jeden Tag um fünf aufgestanden und hat unten auf dem Kinderspielplatz im Heaton Park Liegestütze und am Klettergerüst Klimmzüge gemacht. Und sechs Monate lang hat er nur Thunfischstücke und Ananas aus der Dose gegessen. Er meinte, er habe eine Mission. Und gab immer Vollgas und ist ... immer voll am Ziel vorbeigeschossen. – Vermutlich, weil es allmählich passiert ist ... habe ich mir nichts dabei gedacht, wenn er den ganzen Abend im Sessel saß und aus einem hölzernen Bratenwender und einem Holzlöffel ein Kruzifix machte und jeden abwehrte, der zu Besuch kam.«

Von Seymour habe ich noch nie gehört. Möglicherweise hat Donna ihn erfunden. Ich stochere in dem Gemüse herum. Ich warte, dass es zehn Uhr wird. Ich bin verabredet und will meinerseits eine alte Bekanntschaft erneuern.

Ich nehme zwei verschiedene Busse nach Hulme, wo ich mitten auf dem Arch auf einen Anruf mit weiteren Instruktionen warte. Der Anruf kommt, und ich gehe zum Asda-Parkplatz. Kein Mensch dort; ein gespenstisch heller weißer Nebel hängt über den leeren, sich kreuzenden Fahrspuren. Ich setze mich auf eine Mauer hinter den Fahrradständern und warte wieder, den Schal über den Kopf gezogen, die Hände in die Achselhöhlen geklemmt. Der kalte blassrosa Himmel erhebt sich wolkenlos matt über dem Labyrinth von Eigenheimen ringsherum.

Schließlich biegt der Lieferwagen um die Ecke, kommt mir gegenüber zum Stehen, und wie in einem Zeichentrickfilm stolpern die Insassen hinten heraus: ein Durcheinander von staubigen, zappeligen dürren Jeansbeinen und -armen. Einer trägt einen silbernen Astronautenhelm, zwei andere Stetsons und lange Seidencapes mit aufgenähten unförmigen Filzmonden und -sternen über den Jeansjacken. Keiner von ihnen sieht mich. James steigt an der Beifahrerseite aus. Heute Abend trägt er einen leuchtend orangefarbenen Overall. Er nimmt einen spitzen blauen Hut vom Beifahrersitz, setzt ihn auf, und zieht den breiten, elastischen Rand tief ins Gesicht. Dann langt er in den Wagen, holt unter dem Sitz einen Pappkarton voll Sprühdosen heraus und Farbeimer, die er auf dem Asphalt zu einer Pyramide stapelt. James ist klein, hat gebeugte Schultern und ist immer total aggressiv. Man sieht es an der Art, wie er geht, sich bewegt, an allem. Aber am meisten in seinen Augen, die im Moment natürlich unter dem welligen Schatten verborgen sind, den sein Hutrand wirft. Plötzlich denke ich, ich halte es nicht aus, wenn mich seine Augen nicht sofort richtig anschauen.

Ich hüpfe von der Mauer, bleibe stehen, reibe mir den Splitt von den Handflächen, stütze die Fäuste in die Hüften und rufe: »Hippies! Hooligans!«

James' Freund Ray winkt mir zu. James schiebt seinen Hut mit zwei Fingern hoch: seine Pistole, die er von dort, wo normalerweise ein Gürtel ist, geholt hat. Da steht er, die dunklen Augen verraten nicht, ob er überrascht ist; er lächelt, schaut nach unten, dann wieder hoch und sagt höchst selbstzufrieden: »Wir sind keine Hooligans – wir sind Cooligans!«

»Worüber man sich streiten könnte, James.«

Er und seine Kumpels machen das manchmal: Spät nachts und verkleidet besprühen sie die Wände leerer Gebäude, Wellblechgaragentüren, wo andere Sprüher nicht hinkommen. Das ist ihr Ding. Ich setze mich wieder auf die Mauer und beobachte, wie ein flirrender Sonnenuntergang, wogende Ozeane, wogende Himmel entstehen. Ray mit dem Astronautenhelm malt Tipis mit Zickzackstreifen.

Ich kenne James, seit ich in Manchester bin. Er konnte mich immer bis zur Weißglut reizen. Unsere Unterhaltungen sind meist Schlagabtausch-Flirts – was er nie zugeben würde, doch es stimmt –; einer von uns hält dem Blick des anderen einen Tick länger stand, und dann schütteln wir beide den Kopf. »Na, na!«

»Dann willst du mich also gar nicht nach den Abenteuern fragen, die ich erlebt habe, als ich weg war?«, sage ich und gähne in meinen Ärmel.

Er schaut sich eine Sekunde lang um, schaut hoch und lächelt, na, ringt sich ein Lächeln ab und sagt: »Nein.«

Dann sprüht er weiter und fügt ein paar klapprig aussehende Pferde hinzu, die an dem blauen Berghang herumtollen.

»Warum bist du so ein Schwachkopf?«, sage ich.

»Warum sitzt du hier draußen im Regen?«, sagt er betont gleichgültig, mir den Rücken zugewandt.

Als er fertig ist, gehen wir zusammen durch die Stadt, waten im All Saints Park durch aufwirbelnde gelbe und schwarze Blätter. Er hat seinen Overall ausgezogen, den spitzen blauen Nylonhut, die Jeans und den Anorak aber anbehalten. Er sieht vollkommen lächerlich aus. Wir gehen an einer Tür in einem der Lagerhäuser hinter der Oxford Road vorbei, gegenüber der leeren Hacienda. Die Tür ist aufgebrochen. Die beiden Teile des Schlosses kringeln sich wie stählerne Blütenblätter. Ich sage, wir sollten mal reinschauen. Aus irgendeinem Grunde regnet es drinnen auch. James blickt hoch in die tröpfelnde Dunkelheit.

»Wenn irgendwas in dir steckte, hättest du nicht wegzugehen brauchen, um mit dir ins Reine zu kommen. Warum New York? Davyhulme tut's auch.«

»Ich will Davyhulme ja nicht zu nahe treten«, sage ich, »aber ich bin wie du ein Kulturfreak.«

Da grinst er. Bekommt fedrige Fältchen in den Augenwinkeln.

»Übrigens: Wenn irgendwas in mir steckte ... das ist ganz schön unverschämt. Ich weiß nicht, James. Wenn ich mit dir rede, werde ich immer stinkwütend.«

Er schlägt mit dem Handballen auf die glitschige Backsteinwand über meiner Schulter und legt den Kopf zur Seite.

»Gut«, sagt er.

Gut. Er streicht sich mit der anderen Hand über seinen nassen Pony, vor seinem Ohr fließt ein Rinnsal schmutziges Wasser hinunter. Sein Hut ist verbogen. Er lächelt mich an. Er tut, als wüsste er, worüber er redet. Wie albern. Ich mag es aber auch nicht, wenn er unsicher ist. In der Hinsicht bin ich feige. Er ist auch schon wieder ganz cool und ernst.

»Donna hat einen Namen für dich, James«, sage ich und schlüpfe unter seinem Arm hinaus auf die Straße. »James – Fun and Games.«

4

Seit ich wieder in Manchester bin, ist mein Leben ein Labyrinth, würde ich sagen: ein Labyrinth ohne Zentrum, aber das ist noch nicht alles. Stumm laufe ich durch Korridore, um Ecken, gerate allerdings noch nicht in Panik. Ich schlafe mit offenen Gardinen und werde wach, wenn die Sonne aufgeht, jeden Tag früher. Dann fangen meine Beine an loszulaufen, bringen mich hierhin und dorthin, und ich habe nicht einmal die Wahl. Zur Bibliothek und durch die Market Street, hinter der Kathedrale und an der Musikhochschule entlang, ins Arndale-Einkaufszentrum, am Buddhistischen Zentrum vorbei. Zum Lunch kaufe ich mir ein bisschen Obst vom Markt auf der Church Street, gehe ins Café, um Mary oder Donna zu besuchen, und laufe danach manchmal in dem neuen Multiplexkino herum. Dort atme ich im Gleichklang mit den Geräuschen: mit den Rolltreppen flach und schniefend konsequent durch die Nase; mit dem unablässigen tiefen Rauschen der Klimaanlage ziehe ich die Luft langsam und stoßweise tief in den Bauch ein und zähle, wenn ich sie wieder rauslasse. Diese Atmerei habe ich letzte Woche zwei Nächte lang betrieben und in einem winzigen Zimmer im Gardens Hotel auf dem Piccadilly Approach übernachtet. Vielleicht eine dämliche Geldverschwendung, da mein Geld ohnehin zur Neige geht, doch dort werde ich immer ganz ruhig. Auf dem dicken Teppich im Foyer hört man seine Schritte nicht, und in den Zimmern herrscht eine besondere Stille, weil man die Fenster nicht öffnen kann; mitunter summt draußen der Küchenventilator oder im Flur der Staubsauger. Das festgezurrte Bettzeug, die laminierten Brandschutzbestimmungen, die glatten Möbel aus Pressspanplatten: Es könnte überall sein, es könnte nirgends sein. Ich stellte mir vor, ich könnte die glänzenden Chintzvorhänge aufreißen und vor mir eine ruhige Leere, ein schimmerndes weißes Nichts sehen.

Als es halbwegs warm wird, verbringe ich Zeit in der Gartenanlage hinter der Victoria Station. Ich schätze öffentliche Räume sehr, die gepflegten Rasenflächen, von Künstlern gestalteten Brunnen, die Steinbänke ohne Rückenlehne und die durch graue Granitrinnen fließenden Bäche. Letzten Sonntag habe ich mich auf eine Bank gelegt und die Leute beobachtet, die aus der Morgenmesse kamen: eine Frau in mittleren Jahren in blauem Blazer und Blümchenkleid, ein Mann mit zwei Kindern, die ihre Schuhe auszogen, sie ihm gaben und im Wasser planschten. Die Frau stampfte mit dem Fuß auf und sagte, sie würden sich erkälten. Eine Sekunde lang drückte ich meine

Kopfhörer mit den Daumen fest; dann zog ich sie heraus und konzentrierte mich auf das Rauschen des Brunnens.

Ich gehe ins Kino, weil es dort warm ist, wenn es draußen kalt ist. Vor allem sitze ich gern in den frühen Vorführungen an Wochentagen, denn dann bin ich die einzige Zuschauerin und kann die Armlehnen hochklappen und mich ausbreiten. Ich setze mir den Walkman auf, und wenn der Film grell und schnell geschnitten ist – und ehrlich gesagt, sind das die meisten –, lese ich oder schreibe in mein Detektiv-Notizbuch. Ich kann aber auch mit einem offenen Auge ein Nickerchen machen, ich muss nur aufpassen, wenn eine von den dämlichen Kartenabreißerinnen den Kopf reinsteckt, denn dann muss ich gleich Haltung annehmen. Als ich es mir heute gemütlich gemacht hatte, merkte ich, dass meine Jeans modrig rochen. Zu Hause habe ich sie mit Donnas Vanilleshampoo in der Badewanne eingeweicht und mit dem Schrubberstiel durchgewalkt, das Licht ausgeschaltet und die Radar Brothers gehört, während ich immer im Kreis herum gerührt habe.

Ich glaube, mein Tagesablauf ähnelt ein wenig den Fürbitten, dem Kerzenanzünden und dem Rosenkranzherunterbeten; als läge ich auf einem Toilettenfußboden und sagte das Lobgebet auf. Doch, doch, manchmal fühle ich etwas. Dieser Pfad ist vielleicht ausgetreten, aber wenn ich ihn weiter beschreite, wird es irgendwann klicken. Ich habe aufgehört, so viel zu trinken. Wie ich zu Donna gesagt habe: »Ich bin auf der rechten Bahn, auf dem glänzenden Pfad.«

In letzter Zeit ist Donna abends meist nicht da, weil sie nach der Arbeit mit ihrer Band in ihrem Übungsraum in der Beehive Mill probt und danach noch mit ihrem neuen Kerl rumhängt. Donna hat viele Liebesgeschichten, doch ihr Herz gehört ihrem Brieffreund – ja, ja, so was gibt es noch –, einem in regelmäßigen Abständen syphilitischen Matrosen mit imposanter Haartolle. Wie er heißt, weiß ich nicht, sie nennt ihn nur Billy Rocker und schickt ihm ständig Postkarten in fremde Länder und Städte: Mauritius, Abu Dhabi, Kopenhagen. Er schickt seine Briefe an die Adresse der Bar. Er schreibt in einer Art Blockschrift winzige, akkurate Buchstaben auf dickes Papier: endlose Berichte darüber, wie er sich gegenüber seinem ersten Offizier ein paar markige Sprüche erlaubt habe, als es nicht angebracht war, Geschichten von bedauerlichen Missgeschicken und darauf folgenden Nachmittagen, die er auf Plastikstühlen in überhitzten Wartezimmern von Ärzten verbrachte. Einmal hat er ihr ein Polaroidfoto vom Schreibtisch in seiner Kajüte beigelegt: Kamm und Spiegel, Pfeife und Füllfederhalter, ein Foto von ihr. Donnas Brille verbirgt das Beste an ihr, was auch Billy Rocker nicht entgangen ist. Einmal schrieb er ihr:

DONNA, ES GIBT BEIN-MÄNNER UND BRUST-MÄNNER. DONNA, ICH BIN EIN AUGENBRAUEN-MANN.

Donna ist total verknallt. Eine Ewigkeit lang hat sie nur Bücher gelesen, die auf dem Meer spielen. Auch die Filme, die wir zusammen angeschaut haben, spielten dort; Donna schleppte alles Salzfleckige von den Regalen der Zentralbibliothek an: *Das letzte Kommando*, *Die Verdammten der Meere*, *L'Atalante*, *Der weiße Hai* ... Sie besaß eine uralte Liveaufnahme von HMS *Pinafore*; die spielte sie in der Bar und sang die zittrigen, stottrig verkratzt klingenden Refrains mit. Billy Rocker schickte ihr auch einen Knopf von seinem Blazer mit einem Anker darauf. Und sie trägt stets ein Armband, das er für sie gemacht hat. Auf Walwache hat er Kupferdraht und steifes Hanfseil verflochten. Gut, Donna sagt, er sei auf Walwache gewesen. Gibt es überhaupt noch Walwachen?

Während sie sich nun herumtreibt (ich muss das Wort benutzen), hänge ich neuerdings abends manchmal mit Scottish Mary ab, und die ist von ganz anderem Kaliber. Ich versuche Donna damit zu ärgern und rede darüber.

Gestern Abend sagte sie: »Du immer mit deiner Mary. Ich hab genug. Ich verlasse dich.«

»Wo willst du denn hin?«, sagte ich und schlug mit der Hand auf den Küchentisch. »Ohne mich bist du nichts.«

Sie stützte ihr winziges Kinn auf ihre winzige Faust, schloss ein Auge und sagte: »Ich ziehe in das Fach für die *Evening News* im Zeitungsladen – wie Maeve Brennan in die Abstellkammer im *New Yorker*. Das überlege ich eh schon seit geraumer Zeit.«

»Ja, du könntest in einem großen gefütterten Umschlag schlafen«, sagte ich.

»Und die Leute, die hereinkommen, mit Büroklammern beschießen.« Prompt tat sie, als hätte sie eine Zwille und zielte auf mich.

»Das klingt fantastisch«, sagte ich. »Ich *liebe* Schreibwaren! Ich pack schon mal. Und übrigens: Ich nehme das obere Regal.«

»Okay«, sagte sie und schüttelte ihre fransigen Haare. »Was? *Was*? Moment mal ...«

Mary kommt aus Edinburgh. Sie studiert im dritten Jahr Fotografie an der Metropolitan University Manchester. Als ich letzte Woche bei ihr zu Hause in Fallowfield war, hat sie mir von ihrem letzten Projekt erzählt. Moralisch einwandfrei ist es wohl nicht. Worüber ich aber nicht streiten würde. Ich würde nur mit der Schulter zucken. Mary setzte eine lieb-devote Kontaktanzeige in die *City Life* und kam bald in den Genuss mehrerer Mailboxnachrichten, die nun auf ihrem Diktaphon sind. Als sie sie mir vorspielte, die »Na jas«, die »hoffentlich höre ich von dirs«, das Räuspern und die Pausen, wurde ihr Blick hart, und ein Lächeln breitete sich in ihrem Gesicht aus. Sie traf sich zu aufwendigen Rendezvous mit den Männern, zum Essen oder Tanzen, und verdrückte sich dann. Sie ging zur Toilette – und kam nicht wieder. Von einem Versteck aus machte ihr Freund die ganze Zeit Fotos.

»Hinter den Topfpflanzen mit einem Zoomobjektiv«, sagte ich.

»Genau«, erwiderte sie, presste die Lippen aufeinander, machte große Augen und schob mir die glatten Plastikseiten aus der Fotomappe über den Küchentisch. »Das hier gefällt mir besonders. Da bin ich zum Tresen gegangen, und schau, er richtet sich das Haar.«

Sie lachte unbändig. Es waren gute Fotos, daran gab's nichts zu deuteln. Man betrachtete sie mit einer gewissen Anteilnahme.

Was mir an Mary gefällt, ist ihr Gang, ihr Hüftschwung. Ich habe das häufig beobachtet. Jemand, der so geht wie sie, schafft es überallhin; sie hat nicht das Gefühl, als kröche sie auf Händen und Füßen, wie ich manchmal. Ich weiß, ich sollte mich nicht so fühlen, aber ich tue es.

In ein paar Wochen geht Mary nach Paris. Sie will sich einen Job als Zimmermädchen in einem Hotel suchen und dann die Sachen der Gäste in den Zimmern fotografieren, wenn die nicht da sind.

»Eine fortlaufende Erzählung daraus machen«, sagte sie.

Ich sollte mit ein wenig mehr Relevantem aus meiner Geschichte aufwarten, ein paar Szenen aus meiner Vergangenheit. Mein erster Freund, Richard, war fünfundzwanzig, als wir uns kennenlernten. Ich war siebzehn. Bei unserem ersten Treffen sagte er mir, er stehe auf junge Mädchen, die sich zu alt, und auf Frauen mittleren Alters, die sich zu jung anzögen. »Weil sie so eine Unsicherheit ausstrahlen.« Ich hatte eine 40er-Jahre-Phase, also die richtigen Voraussetzungen. Tagsüber trug ich Kleider und Halbschuhe, abends fließende Unterröcke mit Volants und Baseballschuhe, immer Tweedmantel und das Haar so wie jetzt hochgesteckt mit Kugelschreiber drin.

Richard nannte mich sein Püppchen. Ach, sieh mal, deine kleinen großen Augen, sagte er immer. Dein Gesicht ist so hübsch. Dein Mund ist so hübsch. Deshalb macht es mich so an, dich zu beobachten, wenn du ...

Ich war zu jung, um mit Donna in der Bar zu arbeiten, deshalb verbrachte ich die Tage in dem Café auf der gegenüberliegenden Straßenseite, in das Richard immer kam, einen Espresso bestellte und mich über seine Zeitung hinweg beäugte.

Eines Tages sagte er: »Also, gehst du mal mit mir was trinken oder nicht?«

Vor lauter Überraschung sagte ich: »Was?«, und er fand mich witzig.

Ich wiederum fand, dass er nett aussah: groß, blondes Entchenhaar und ungesunde, helle Haut. Auch er trug Klamotten, als sei er aus den Vierzigern. Bei unserer ersten Begegnung sagte er außerdem: »Die Frau meiner Träume hält das Glas nicht so.«

Als wir ein paar Monate zusammen waren, sahen wir einmal bei ihm zu Hause einen Film, und ich schrieb ihm mit dem Finger ICH LIEBE DICH auf den Rücken, auf das enge weiße Hemd. Er reagierte erst, als der Film zu Ende war und surrend und knackend zurückspulte.

Er sagte. »Du weißt ja, dass ich mich auch mit anderen treffe.«

»Nein«, sagte ich.

Er drehte sich zu mir um und sagte: »Tut dir jetzt das Herz weh?«

Immer wenn er zeigen wollte, dass er es ehrlich meinte, kniff er die Augen zusammen. Tut dir das Herz weh. Ich sagte, er verhalte sich, als ob er mich hasste.

Er sagte: »Wenn ich dich hassen würde, hätte ich nicht mit dir geschlafen. Jedenfalls nicht mehrmals.«

Gelegentlich tauchten seine anderen Freundinnen auf, wenn wir abends ausgingen. Sie sagten nichts, wenn sie mich neben ihm sitzen sahen. Sie grinsten nur böse und verschwanden wieder. Er sagte zu mir, ich solle erst mal erwachsen werden, und dann trank er bis zum Umfallen.

Als wir einmal danach zu ihm nach Hause gingen, kletterte er mit einer Flasche in der Hand auf die brüchige Mauer vor seinem Haus. Sein bohnenstangendürrer Körper bog sich vor und zurück, als er versuchte, das Gleichgewicht zu halten. Dann reckte er eine Faust in die Höhe, schloss die Augen und rief: »Alle Frauen dieser Welt wollen mir den Schwanz lutschen!«

Am nächsten Morgen drehte ich in meinem Untermietzimmer mal wieder durch. Ich saß in der Ecke der Schlafcouch und heulte mir die Seele aus dem Leib. Langsam löste sich alles auf; ich verrieb die Tränen mit der Mascara und wischte mir dann die Finger an der Wand ab, bis meine Wimpern glatt und weich und sauber waren wie schon seit Monaten nicht mehr und über der Holzverkleidung eine aschfarbene Fingerzeichnung entstand.

Im Schaufenster des Empire-Exchange-Ladens in der Oxford Road war zwischen verrostendem Blechspielzeug und uralten Pornoheften eine Penny-Black-Briefmarke ausgestellt. Richard hatte mir erzählt, dass er die irgendwann mal stehlen wolle. Er fand es einen richtig guten Jungsstreich. Wenn er sie hatte, wollte er sich »verdünnisieren«. Er hatte es ganz genau geplant: Er wollte spätabends in die Stadt gehen und auf dem Parkplatz gegenüber der BBC Liegestützen machen, um sich warm zu halten, bis niemand mehr zu sehen war. Er wollte etwas anziehen, was keiner mit ihm in Verbindung bringen würde, zum Beispiel einen Trainingsanzug, und sich die Wollmütze tief ins Gesicht ziehen. Von der Mauer vor seinem Haus wollte er einen Ziegelstein für das Schaufenster mitnehmen. Und sobald die Alarmanlage losging, wollte er hinter das India House rennen und ein Taxi nehmen. Als wir einmal spät in der Nacht dalagen und dem Regen lauschten, erklärte er mir das alles ausführlich. Außerdem erzählte er etwas, was er auf Radio 4 gehört hatte: Unter dem Eis in der Antarktis gebe es Höhlen, in denen noch Pflanzen und Blumen wüchsen. Damit fing er immer wieder an. Dann spannen wir rum, wir seien dort.

Manches, was er mir erzählte, hätte er besser für sich behalten, fand ich. Einmal war er zum Beispiel mit seiner ersten richtigen Freundin bei einem Konzert der Breeders und total sauer, weil sie mehr auf die Musik achtete als auf ihn. Am liebsten hätte er ihr eine reingehauen. Während er mir das mitteilte, betrachtete ich ihr Bild auf der Fotocollage seiner Ex-Freundinnen über seinem Schreibtisch. Sie war die hübscheste; sie stand mit hennaroter Kurzhaarfrisur und ernstem Blick unter einem Baum und trug einen weiten V-Ausschnitt-Pullover, einen geblümten Rock und Doc Martens. Als sie sich trennten, verriet sie einigen ihrer Freunde, dass er sie verprügelt hatte. Das erzählte er mir einmal spät nachts. Wir waren im Bett.

Er schaute ins Nichts und sagte: »Ich war so was von scheißwütend auf sie, aber jetzt glaube ich, dass ich damals häufig besoffen war und ...«, an dieser Stelle zwinkerte er mir zu und hob das Kinn vor lauter Edelmut in die Höhe – immerhin entblößte er sein tiefstes Inneres –, »es gut sein kann, dass ich sie verprügelt habe.« Langsam, *verwundert*, bewegte er den Kopf hin und her und sagte: »Vielleicht stimmt es ja.«

Ich antwortete nichts. Es kratzte mich nicht. Mich hätte ohnehin nichts überrascht, was er tat. Er schrie mich ja auch völlig grundlos an und bohrte mir mit dem Finger in die Schulter. Als ich mir einmal dabei in die Hose machte, behauptete er, das hätte ich getan, um ihn zu provozieren. Was durchaus sein konnte. Wer weiß? Du bist genau wie Natalie, sagte er. Einmal musste ich mich über seinen Küchenstuhl legen, und er klebte mich mit Isolierband darauf fest (wie übrigens auch mehrere Male ans Bett), stopfte mir meine Unterhose in den Mund und schlug mich mit seinem schicken Cowboy-Gürtel. Warum ich nicht gegangen bin? Bis dahin hatte mich noch nie jemand angeschaut. Ich weiß, es ist erbärmlich. Trotzdem meine ich, dass ich, wenn ich in diesen Situationen weinte, in Wirklichkeit über etwas anderes in mir weinte. Damals war ich völlig kaputt. Als ich endlich mit ihm Schluss machte, wollte ich, dass er sich für sein Verhalten, für alles, was er mir angetan hatte, entschuldigte. Ich konnte mir sogar vorstellen, bei ihm zu bleiben, wenn er sich entschuldigte.

Er sagte: »Das Einzige, was ich bedaure, ist, dass ich dich nicht hart genug durchgevögelt habe.«

Als ich danach eine Weile weg war, kam er nicht bei mir vorbei. Niemand kam, nur Donna. Und ein Päckchen, und darin war die Penny Black in ihrem abgesplitterten Sperrholzrahmen. Noch so ein Beweis für seinen versteckten Narzissmus. Ob er sie wirklich gestohlen hat? Das bezweifle ich. Jetzt läuft's mir kalt über den Rücken, wenn ich bedenke, dass manche Frauen sich ihr Leben lang wegen solcher Männer fertigmachen. Ich nicht. Als ich gestern draußen herumlief, kam mir der Gedanke. Immer wenn ich über diese Zeit nachdachte, hatte ich das Gefühl, als watete ich durch einen Sumpf, als stürzten sich Horrorfilm-Schlingpflanzen auf mich und rankten an meinen Beinen hoch, wänden sich schleimig, sehnig um meinen Hals und drängten sich in meinen Mund und überall hinein, wo sie wollten. Doch als ich gestern, gegen den Wind ankämpfend, durch die Market Street lief, musste ich lächeln und die Augen schließen. Ich lächelte und spürte, wie meine trockenen Lippen in den Mundwinkeln rissen, während ich über den klatschnassen Bürgersteig stapfte. Ich nicht. Ich bin froh, dass ich für Richard den Zorn und die Verachtung der Entkommenen bewahre. Am wütendsten bin ich auf mich selbst. Andererseits muss man das Leben irgendwann kennenlernen. Ich habe es früh kennengelernt, und das ist gut so. Ganz im Geiste von Richards wohlbedachter Schlussbemerkung zu unserer Beziehung würde ich sagen, dass ich nur bedaure, dass sich mein Körper nicht aus Prinzip gegen seinen teuflischen Samen gewehrt hat. Hätte mir einiges erspart.

Kurz nach der Trennung zog ich zu Donna. Sie kam und holte mich und trug meine drei Kartons mit Büchern, CDs und Klamotten herunter, während ich im Auto saß. In den folgenden Monaten las und schrieb ich dann wieder nur. Bei dem nächsten Typen, mit dem ich zusammen war, wusste ich nicht, was ich machen sollte, und manövrierte mich in diese schrecklichen gespielten Ausbrüche von Pornosprüchen und Zickereien. Er nahm mir das ab, es gefiel ihm, was natürlich wiederum mich ins Grübeln brachte. Bei dem nächsten, dem letzten, den ich sehr mochte, eine liebe, schlichte Seele, war ich nur noch ein toter Körper. Das hätte er wahrscheinlich auch gesagt. Aber das ist Schnee von gestern. Kurz danach hörte ich ganz damit auf. Wenn Typen über Nacht blieben, behielten sie die Jeans an. Ich rollte mich von ihnen weg und tat, als sei ich zu betrunken und müde. Ansonsten hätte ich sofort wieder das Gefühl von panischer Einsamkeit gekriegt. Ich weiß nicht, was ich dagegen tun soll. Ich dachte eigentlich immer: Warum soll ich überhaupt was dagegen tun? Das allerdings hieße resignieren.

Manchmal nehme ich Donnas Gitarre, aber ich habe nur eine knifflige Melodie gelernt, die man zupfen muss, eine sich ewig wiederholende, anklagende Melodie. Manchmal sitze ich auf dem Küchenstuhl und spiele sie stundenlang, schließe die Augen und wiege mich im Takt, und ganz bestimmt hätte meine Winzlingskumpelin dazu was zu sagen.

5

Es ist der letzte Tag im März, und ich stehe an dem beschlagenen, tropfenden Küchenfenster. Donna sitzt mit einer Tasse Tee und einem Buch hinter mir am Tisch. Ich höre, wie sie die Seiten umblättert. Ich höre ihr Atmen und meines.

»Was machst du morgen?«, fragt sie schließlich. »Morgen ist mein freier Tag.«

»Dein freier Tag?«, sage ich und drehe mich um.

Sie hebt die Hand, imitiert einen langsamen, schräg von unten geschlagenen Return und sagt: »Was sind wir doch für fantastische Tischtennisspielerinnen.«

Ich sauge an meiner unsichtbaren Zigarette. Heute Abend sind keine Wolken am Himmel. Über dem Verkehrslärm ist alles überwältigend still, der Himmel kalt und klar.

»Also, ich wollte morgen zur Abwechslung mal in die Stadt, was losmachen«, sage ich und drehe meinen Stuhl um, bevor ich mich setze. »An Laternenpfählen schaukeln, Hüte aufprobieren ... Friseur um zwei, Maniküre um drei ...«

»Klingt gut«, sagt sie. Ich lehne mich zurück und beobachte die Motten, die hochfliegen und um die nackte Glühbirne flattern.

»Findest du«, sage ich. »Dann kommst du mit?«

Ich schlage die Asche von meiner unsichtbaren Zigarette an ihrem Becher ab und stehe auf. Ich bin unruhig.

»In Ermangelung anderer Angebote«, sagt sie.

Ich schaue wieder aus dem Fenster und drücke Stirn und die Innenseiten beider Handgelenke an das eisige Glas.

Am nächsten Tag bin ich so früh auf wie sonst auch. Während ich in der Küche eine Kanne Tee aufbrühe, lege ich eine Kassette ein und bringe dann Donna einen Tee ans Bett. Ich habe das angezogen, was ich letztes Jahr um diese Zeit auch getragen habe, während der ebenso klatschnassen Abart einer Jahreszeit wie dieser, in der ich trotzdem meinte, draußen unbedingt in alten roten Ballettschuhen herumlaufen zu müssen. Morgens stellte ich immer erst den einen, dann den anderen Fuß auf die eiskalte Fensterbank und band die zerfransten Bänder über Kreuz um die Beine. Weil sie bald wieder aufgingen und über den Boden schleiften, waren die Enden schwarz und bierdurchtränkt, wenn ich nachts von der Arbeit in der Bar nach Hause kam. Heute trage ich sie zu meinem grünen Willa-Cather-Präriekleid und der Strickjacke.

Ich betrachte Donna. Sie ist winzig klein. Als sie das Bein hochstellt, um ihre Jeans anzuziehen, zeigen sich auf ihrem wohlgerundeten Oberschenkel blassrosa Dehnungsstreifen, die wie Kratzspuren von Katzen aussehen, wie Risse in grauen Wolken, durch die die Wintersonne scheint.

»Bei Oxfam gibt es eine weiße Leinenkrinoline. Die kaufe ich mir zu meinem Anorak, so im Look eines H.-G.-Wells-Weltraum-Viktorianers«, sagt sie und wuschelt mit der winzigen Hand in ihrem abstehenden Haar. »Für den Gig in Leeds morgen, zu dem du übrigens auch kommst.«

Ja, natürlich.

Donna hatte mehrere viktorianische Phasen. Als sie sich das Auto kaufte, ist sie mit mir zum Pfarrhaus der Brontës kutschiert und hat in das Besucherbuch in die Spalte mit den Bemerkungen

Sie sind hier! Sie sind hier! Hallo?

geschrieben.

Mir gefiel es dort. Von Emilys Fenster aus sahen die riesigen Grabplatten und -steine wie wild durcheinanderliegende Bücher aus. Mein Lieblings-Brontë ist Branwell. Nein, stimmt nicht. Und so leichtfertig darf man über Branwell auch nicht reden.

Ich glaube, ich muss mal husten. Etwas kitzelt mich im Hals. Ja, irgendwas Merkwürdiges kommt hoch. Ich hebe meinen Becher, um es hineinzuspucken. Ich höre böse

Geräusche aus meinem Magen. Weh tut es nicht. Es kommt langsam heraus: ein golfballgroßer Klumpen weißer Schaum schiebt sich über meine Unterlippe. Dann noch einer und noch einer. Winzige zähe Blasen.

Donna sieht aus, als wolle sie gleich in Lachen ausbrechen.

»Jetzt ist's passiert«, sagt sie. »Endlich. Vielleicht solltest du ja heute wirklich mal was essen.«

Ich stehe auf und gehe zu ihrem Spiegel, um nachzuschauen, was in meinem Hals los ist. Und weil ich schon mal da bin, schminke ich mich auch gleich: mit pechschwarzer Mascara und blassrosa Lippenstift.

Ich ziehe Donnas schwarzen Anorak an, binde mein Haar im Nacken zu einem Pferdeschwanz und stecke nicht nur den Kugelschreiber, sondern auch eine ausgeblichene Stoffblume hinein. Ich freue mich auf heute.

Beim Warten auf den Bus hebe ich erst einen Fuß und dann den anderen und reibe mir die Schuhspitzen an den Waden ab. Der Schmutz aus der Pfütze trocknet rasch zu staubigen blassen Streifen. Donna hat ihre Jeans hochgekrempelt, sie trägt meine roten gerippten Socken. Gut sehen sie aus.

Zum Frühstück kauft sie für jede von uns eine Avocado am Gemüsestand an der Universität. Wir setzen uns in den Garten vor der Zentralbibliothek und essen sie mit den Fingern. Der Tag ist feucht, wir sind die Einzigen, die sich dort aufhalten. Zwei junge Italiener kommen und flüstern ewig miteinander, bis sie mich fragen, ob ich sie vor der roten Telefonzelle fotografieren würde. Ich muss mir zuerst den grünen Brei von meinen Händen an der Strickjacke abwischen.

Donna und ich gehen über den Albert Square zu Waterstone's, wo wir eine Weile lang im Erdgeschoss herumschlendern, Bücher in die Hand nehmen und wieder hinlegen. Da Donna in den Knaben in der Biografienabteilung verknallt ist, müssen wir nach oben und ein paarmal an ihm vorbeilaufen.

»Schau nicht hin«, sagt sie. »Wir stellen uns dort an den Tisch mit den Bücherstapeln, und ich schmachte ihn von da aus an.«

Dann erzählt Donna: »Neulich war ich vor der Arbeit hier. Halb bewusstlos und hundemüde habe ich mich bei der Literaturwissenschaft mit der Stirn an eins der Regale gelehnt.« Sie zeigt es mir und redet dabei, wenn auch leise, weiter. »Plötzlich habe ich gemerkt, dass ich ein Gespräch am Infotresen belauschte. Der junge französische Student wie aus dem Bilderbuch – Benetton-Hemd, Rucksack, Leinenschuhe – sagte: ›Äh, Pardon, kennen Sie den Shakespeare? Haben Sie ein Buch, das den Shakespeare erklärt?‹ Ich lauschte und musste kichern. Dieser Akzent!« Sie lacht schallend über sich selbst. »Ich hab mir auf mein T-Shirt gesabbert. Zwei Fäden Spucke hingen mir fast bis zu den Knien.«

Ich verdrehe die Augen.

»Donna«, sage ich. »Manchmal kannst du wirklich nicht verhehlen, dass du keine Kinderstube hast.«

»Ich weiß«, sagt sie.

Ich erzähle Donna alles über den Typen, mit dem ich ein paarmal ausgegangen bin, als ich weg war, denn er sagte Sätze wie: »Die Profs in Kritischer Theorie an der Columbia sind die reinsten Kopfwichser. Ich sage dir, die analysieren sogar einen Wassermolch.«

Einmal nahm er mich ausgerechnet zur Halloween-Party einer Studentenverbindung mit, in ein höhlenartiges Apartment auf der Upper West Side. Wir sollten uns wenigstens den Dachgarten anschauen, sagte er. Um lange draußen zu bleiben, war es zu kalt. Vielleicht wollte er mit mir allein sein, doch es war schon jemand oben, der mit dem Rücken zu uns stand und auf die in Nebel gehüllte Stadt blickte. Sein Vater sei der Besitzer von irgendwas, flüsterte mir der Typ, mit dem ich da war, leise zu. Was, habe ich vergessen. Ich trug kein Kostüm, aber der Typ hatte gemeint, ich könne so gehen.

Er selbst war als Humphrey Bogart verkleidet: Hemd mit Hosenträgern, das Haar glatt zurückgeschniegelt, eine dünne Zigarette im Mundwinkel. Der andere trug einen Matrosenanzug und hatte sich ein auf Pappkarton gemaltes Bullauge auf seine stolze Wampe geklebt. Auf einer seiner breiten Schultern hockte eine Plastikmöwe. Um die Fußknöchel hatte er sich zerdrückte Styroporstücke, die in Zellophan verpackt waren, gebunden, und es quietschte, wenn er ging. Mein Begleiter machte uns miteinander bekannt, und wir redeten eine Weile. Ich beugte mich über die steinerne Balustrade und rauchte eine unsichtbare Zigarette.

Als wir wieder hinuntergehen wollten, rief der flotte Matrose: »He, ich hab was für dich.«

Seine Wangen waren kleine rote Kirschen. Sein Lächeln weinerlich. Er fuhr mit der Hand in die Tasche seiner engen weißen Hose, fummelte einen Packen Papiereintrittskarten hervor und gab mir eine. Darauf stand, professionell gedruckt:

FREIFAHRT AUF DER TITANIC

Wir lachten alle drei los. Auch ich. Ich klopfte ihm auf die freie Schulter.

Donna und ich verbringen die trüben Nachmittagsstunden in der Manchester Art Gallery in der Mosley Street, sitzen im Schneidersitz auf den Bänken und zeichnen Bilder in die Blöcke, die wir uns im Shop gekauft haben. Vom Zeichnen haben wir beide null Ahnung, aber trotzdem.

Dann gehen wir Donnas viktorianischen Weltraumrock kaufen, danach über den völlig überlaufenen Deansgate. Wir drängeln uns durch sich schrittweise vorwärtsschiebende Familien und Paare und fahren im Parkhaus hinter dem ABC-Kino mit dem Lift in die oberste Etage. Von dort laufen wir langsam die steile Betonrampe hinunter, die sich wie eine Carrera-Bahn um den Aufzugschacht windet. Im Laufe des Tages hat sich der Himmel immer mehr zugezogen; wir bleiben stehen und betrachten die niedrigen Wolken, durch die grelles neonweißes Sonnenlicht dringt. Immer wenn das Wetter so ist, wenn es sich zu einem Sturm auswachsen will, muss ich raus und den Himmel anschauen: Ist er bernsteinfarben und gleichzeitig dunkel und hell, muss ich sehen, wie es blitzt und dann wie auf Kommando überall die Regentropfen herunterprasseln. Noch ist es nicht so weit, und eine seltsame Rastlosigkeit macht sich in mir breit, als Donna und ich langsam in dem böigen Wind über die Rampe nach unten gehen und beide horchen, ob ein Auto kommt.

Wir beschließen, zu Hause Abendbrot zu essen und dann erneut in die Stadt aufzubrechen. Auf dem Rückweg packt Donna im Supermarkt die Angst. Als ich vom Gemüse hochschaue, sehe ich, wie sie in ihrem abgehackten schwankenden Robotergang, die kleinen Ärmchen steif von sich gestreckt, vor mir um eine Ecke biegt. Der Korb in ihrer Hand schlägt gegen einen Keksdosenturm. Ich hole sie ein. Wie in Zeitlupe dreht sie den Kopf zu mir um und hat wieder diese toten Augen. Sie lässt den Korb fallen, ich höre die Tiefkühlkost krachen. Nachdem ich das Gemüse bezahlt habe, gehe ich hinaus; sie sitzt auf den Treppen des Notausgangs hinter den Einkaufswagen und hat die Brille abgenommen. Sie sieht aus wie Balthus' »Träumende Thérèse«. So sieht sie immer noch aus. So wird sie immer aussehen. Sie lächelt, als sie mich sieht.

»Tut mir leid«, sagt sie und reibt die Gläser an ihrer Jacke blank, »ich musste da raus.«

Sie sieht erschöpft aus, und ich lasse ihr die zweifelhaften Segnungen meiner merkwürdig guten Laune zuteilwerden. Ich überschütte sie mit Glücksgefühlen und Optimismus. Während wir durch die Kälte gehen, bewege ich lässig die Schultern in ihrem Anorak und sage: »Donna, ich glaube, dass viele aufregende Dinge passieren, wenn man dem Leben offen gegenübersteht. Du musst dir nur selbst treu bleiben, dann kommt alles von allein. Davon bin ich fest überzeugt. Wenn du die richtigen Signale aussendest ...«

Natürlich ist sie ganz meiner Meinung.

»Deshalb sind auch diese Shag-Tag-Partys in der Bar so toll«, sagt sie.

Sehr witzig.

Der Sturm beginnt schließlich direkt nach Sonnenuntergang. Es platscht in Strömen rings um uns herab, als wir am Science and Industry Museum vorbeigehen. Wir wollen in einen Pub in der Nähe der Wohnung, in der Donna mit ihrer Großmutter gewohnt hat. Dort sind wir als Teenager immer nach unseren Spaziergängen gewesen, wir beide in schwarzen Cordhosen und Blechbuttons an den Strickjacken. Wir nahmen eine Ecke in Beschlag und machten uns über alles Mögliche lustig. In den Musikboxen gab es damals alte Punk-Stücke, und die Studenten aus dem College auf der anderen Straßenseite standen um den Pooltisch herum, tranken Longdrinks mit Cola und sahen *Rising Damp* im stummen tragbaren Fernseher.

Ich unterstrich immer Stellen in meinen Büchern über solche Tage. Marina Zwetajewa,

Gefolgt von abgerissenen Hemden
Den blauen hellen Dunst verpafft,
Gleich feierlichen Fremden, Fremden
Gehn wir dahin durch unsre Stadt,

und Adrienne Rich. Irgendwas über »unser Haar lodert«, noch was, noch was, »unser Körper jung und gewöhnlich« ... Mein Haar lodert; Donnas, wenn es wie jetzt flusig und strähnig verweht ist, ist wie Rauch.

Ich muss an den Film über die Smiths in der *South Band Show* denken, den wir vor Jahren zusammen gesehen haben. In dem Linder Sterling sagt, dass sie und Morrissey lange Spaziergänge zusammen unternähmen, »sehr intim, aber gleichzeitig sehr getrennt voneinander«. Das sollte für Freundschaften gelten, finde ich. Heute habe ich schon reichlich Erkenntnisse über das Leben gewonnen; ich habe meinen Kugelschreiber herausgezogen und sie in mein

Detektiv-Notizbuch oder – wenn wir gerade liefen – innen auf meinen Arm geschrieben.

Heute sehen wir im Pub Leute mit schlappen Nelken und welken Farnen am Revers aus den hinteren Räumen kommen. Die Gesichter der Männer sind rot und ramponiert, die Hüte der Frauen sitzen schief.

Donna grinst eine an: »War die Hochzeit toll?«

Die Frau nickt nur und stakst rasch vorbei. Zu diesem Zeitpunkt sind Donna und ich schon ein bisschen benebelt, glaube ich. Mittlerweile trinken wir ja auch viel schneller als früher. Als wir versuchen, uns in den Hochzeitsempfang zu schmuggeln, lassen sie uns nicht rein, denn Donna trägt ihre durchnässten All Stars.

Wieder draußen in der Kälte sagt sie: »Das habe ich versaut« und betrachtet ihre Schuhe.

»Nein«, sage ich, »du hast getan, was du konntest.«

Der Regen spritzt immer noch auf Bürgersteige und Tische vor der Kneipe. Wir legen uns auf die nassen Bänke und schauen zu den Gebäuden hoch: zumeist gespenstisch erhellte Büros, ein flacher Wohnblock.

»So groß wie die werde ich nie«, sagt Donna. Da kann ich nicht widersprechen.

Ich erzähle ihr von jemand anderem, den ich kennengelernt habe, als ich weg war und eines Abends uptown ging und in einem Park am East River landete. Es begann kalt zu werden, doch der alte Mann am anderen Ende meiner Bank war nicht dafür angezogen: Er war von Kopf bis Fuß in weißer Sportkleidung, Turnschuhen, Kniestrümpfen, Shorts und Polohemd. Seine kräftigen braunen Beine waren haarlos. Er hatte einen Fuß über das Knie des anderen Beins gelegt, und die glänzende Wade hing schlaff herunter. Sein Gesicht war uralt, seine Augen trüb. Er hatte aber einiges an gutem Material: Storys, wie er auf den Motorhauben von Gipsy Cabs nach Hause gefahren oder unter dem Klavier seines Onkels aufgewacht war. Ich konnte ihn mir jung und fesch in Flanellhosen und Budapester Schuhen vorstellen. Geschichtenerzählern auf Parkbänken könnte ich stundenlang zuhören. Er nannte mich »Miss« und sich selbst »den General«, und als er feststellte, dass ich neu in der Stadt war, deutete er auf den Horizont, wo es hell funkelte: die Triboro Bridge, die Hell's Gate Bridge, Roosevelt Island, Ward Island, das Shea Stadium.

»Und da oben ist das Firmament«, sagte er und hob den Kopf gen Himmel. Die junge Frau auf der benachbarten Bank schaute auch hoch.

Donna sagt: »Langstreckenläufer schauen auf den letzten Metern immer zu Gott.«

Das versuchen wir auch auf dem Weg zum Star and Garter, um dort noch einen Absacker zu trinken. Aber uns beiden wird schwindlig, und wir geraten vom Weg ab.

Im Star and Garter hängen ein paar Jugendliche nach einem Gig herum, zwei hoch aufgeschossene Mädchen spielen Snooker, und am Tresen sitzt ein Mann, den ich kenne, da bin ich sicher. Mit einer Hand wühlt er sich durch sein dichtes braunes Haar, mit der anderen schreibt er wie ein Linkshänder auf Papierschnipsel. Er schaut mich an, während ich Mantel und Strickjacke ausziehe, und als ich mich hinknie, mir die Schnürsenkel neu binde und dann zu ihm hochschaue, begegne ich seinem Blick.

Donna und ich setzen uns mit unseren doppelten Gins auf die andere Seite des Raums. Donna ärgert sich, weil ich immer über ihre Schulter schaue, während sie redet. Ich weiß, dass ich den Typen kenne, deshalb beäuge ich ihn über den Snookertisch und frage ihn mit den Augen, woher.

Donna ist beleidigt und lässt den Kopf nach hinten fallen. Sie sagt, sie wolle gehen, weil sie früh aufstehen müsse und ich nun wirklich keine gute Gesellschaft sei. Wir ließen ja eh nur die Beine baumeln und tränken zu schnell. Mir ist das eigentlich egal, aber okay, wir gehen und sind bald am Piccadilly, wo die Taxispur in den Bahnhof biegt. Wenn die Taxis an uns vorbeifahren, versprühen sie einen gespenstisch weißen Regen. Donna zählt gerade ihr Geld, um zu sehen, ob wir uns eins leisten können, da treffe ich eine Entscheidung. Ich gebe ihr einen Schein aus meiner Brieftasche und beginne dann mit den Händen in den Manteltaschen und widerspenstig wehenden Haarsträhnen im Gesicht, rückwärts wegzugehen.

»Hm«, sage ich, »ich lauf zurück und hol mir den Typen.«

»Was für einen Typen?«

»Den, der am Tresen saß. Ich glaube, wir haben uns zugezwinkert.«

»Und jetzt willst du hin und ihn dir schnappen?« Sie sieht mich verständnislos an.

»Ja-a«, nicke ich, »ich glaube, ja.«

»Na gut«, sagt sie. »Dann gehe ich zu – wie heißt er noch gleich?« Sie schüttelt nacheinander ihre durchnässten, schweren Beine und sagt: »Der Regen zieht mir sowieso schon die Hosen runter. Aber denk dran, morgen früh, zehn Uhr. Viel Spaß, würde ich sagen ...«

Ich schiebe mir die Ärmel hoch, lasse meine Fingerknöchel knacken und grinse; Donna hebt ihre phänomenalen Augenbrauen. Dann drehe ich mich um und gehe die Fairfield Street wieder zurück. Komisch komme ich mir nicht vor. Und schon gar nicht ist es mir peinlich. Ich renne sogar zum Star and Garter.

Und er sitzt auf der Türschwelle und wartet auf mich. Ich glaube, das wusste ich. Er muss beobachtet haben, wie ich gegangen und zurückgekommen bin. Kaum zu glauben. Er lächelt, hebt eine Hand und sagt: Hallo.

6

Seriös ist Newton – so heißt er – nicht gerade angezogen: grüne Schuhe, wild karierte Jacke. Im Gehen quietschen seine Jeans, denn sie sind vom Regenwasser fast bis zu den Knien durchnässt. Im Übrigen stammt er aus Vermont, und seine Band war heute Abend die Vorgruppe. Die Jungs sind weg und schlafen bestimmt schon in Klamotten auf dem Fußboden im Wohnzimmer des Veranstalters.

»Und ich dachte, ich warte einfach mal hier an der Tür, ob die süße Frau zurückkommt ...«

Das wäre ich dann also. Er hat eine Seite seines Gesichts verzogen und gelächelt, als er das sagte. Ein fantastisches Lächeln, wirklich. Sein Mund ist ganz dunkel und sieht aus wie eingekerbt. Er trinkt, das merke ich daran, wie die tief rötlich blaue Farbe an den Rändern seiner Lippen verblasst. Als ich frage, ob er noch auf ein letztes Glas mit mir wohin gehen will, steht er auf und sagt: Gern.

Wir laufen über den Piccadilly Approach Richtung Oldham Street. Er ist neunundzwanzig, sagt er, sieht aber volle zehn Jahre älter aus, hauptsächlich wegen seines struppigen Barts und seines dicken runden Bauchs. Sein zotteliges braunes Haar hängt über dem Mantelkragen, der Pony wellt sich nach außen. Er fragt, ob ich Studentin bin, und ich sage: Nein, und dann muss ich ihm sagen, was ich bin. Woraufhin wir natürlich über Bücher reden müssen. Wie ich es hasse, mit Fremden über Bücher zu reden. Doch als er als Erstes fragt: Hast du Denis Johnson gelesen?, werfe ich ihm einen schrägen Blick zu, sage: Natürlich, und dann reißt es mich hin. Ich zitiere die Beschreibung von Melissa aus *Schon tot*:

»Lassen Sie mich Ihnen von dem Mädchen erzählen. Ihre Augen sind braun und feucht ... Augen, die niemanden ein zweites Mal anblicken werden ... Eine Frau, die so verletzlich und launisch ist ...«

Ich glaube, ich habe ihm so gut wie die ganze Seite vorgeknallt.

»Ja, die Passage ist gut«, sagt er, lächelt und nickt und schaut mich nun auch von der Seite an. Er sieht ziemlich abgerissen aus; bei seinem Anblick muss ich an eine Taubenfeder denken, über die jemand gegen den Strich mit dem Finger gefahren ist.

Ich zeige auf das mit Glühbirnen behängte Britannia Hotel weiter unten in der Portland Street und, als wir am Gardens Hotel vorbeikommen, auf dessen schäbigen Säuleneingang, an dem heute Abend ein regenfleckiges Plastikschild billige Zimmer anpreist. Da gehe ich hin, wenn ich so tue, als ginge ich weg, erzähle ich ihm.

»Solche Sachen mache ich dort, wo ich herkomme, auch«, sagt er.

Wir gehen durch die Oldham Street. Ich finde es wunderbar, mich mit jemand Neuem zu unterhalten. Ich zeige ihm ein paar für Manchester typische Monkey Walkers vor uns, und dann bleiben wir stehen und streicheln eine riesige nasse Decke von Hund, der den Nachtshop bewacht. Das kräftige, orange-schwarze Tier liegt unter dem Dach der Bushaltestelle und nagt an seiner Pfote. Seinen Namen habe ich nie erfahren. Vor der Bar steht der kleine Trupp halbwüchsiger Mods, die man immer hier trifft, eng beieinander: Die Jungs schlank und in glänzenden Anzügen, die Mädchen, in Hängerkleidchen und weißen Strumpfhosen, frieren und stampfen mit den Füßen und zupfen sich mit missmutiger Miene die Frisur vor der Scheibe zurecht.

»Timecops«, flüstere ich Newton hinter vorgehaltener Hand zu. »Und sie sehen aus, als wenn sie aus dem Jahr 1965 kämen, *weil* sie aus dem Jahr 1965 kommen.«

»Aha«, sagt er. »Dann guck bloß nicht so schuldbewusst.«

Ich fasse ihn an der Hand, damit der Türsteher weiß, dass er zu mir gehört, und wir gehen hinein. Es ist gerammelt voll. Mary arbeitet mit einem Mädchen, das ich nicht kenne: eine kleine Chinesin, die ihr pinkfarbenes Haar zu einem unordentlichen Knoten zusammengebunden hat. Sie trägt ein langes Männerhemd, Gogo-Stiefel und Fußballstutzen mit umgeschlagenen rot gestreiften Rändern. Mary winkt mir kurz zu; Newton schenkt sie ein Nicken. Das ist der Vorteil ihrer Größe; sie hat den Überblick über das Geschehen hier. Als Newton nicht hinschaut, hebt sie eine Braue. Ich nehme seine Jacke, bringe sie mit meiner hinter den Tresen und hole uns zwei großzügig eingeschenkte Drinks. Als ich ihm seinen Whisky gebe, schlage ich ihm vor, nach unten zu gehen, weil es nur dort so ruhig sei, dass wir uns unterhalten könnten.

Wir lehnen mit den Schultern an den schlierigen Kacheln neben dem Lagerraum. Ständig gehen Leute vorbei, die ich seit meiner Rückkehr noch nicht gesehen habe. Ich versuche, ihrem Blick auszuweichen.

Newton sagt: »Sind heute Abend viele Lover von dir hier?«

»Nein«, sage ich. »Nein. Seit einiger Zeit lebe ich nur vom Hals aufwärts.«

Dabei fahre ich mir mit der Hand langsam über die Kehle.

Er legt den Kopf schief und schaut mich skeptisch an.

Und sagt, ohne den Blick von mir zu lassen: »Hör mal, hast du Lust, dich heute noch zu verlieben? – Weißt du, dass ich vorhin beobachtet habe, wie du mit deiner Freundin in die Bar gekommen bist? Du hast deinen Mantel und dann die Strickjacke ausgezogen, und der BH-Träger unter deinem Kleid ist verrutscht ...«

Lächelnd berührt er mich oben am Arm. Er schaut mir

in die Augen, und ich schaue schräg über seine Schulter und dann wieder ihn an.

»Normalerweise bin ich zu Leuten, die ich gerade erst kennengelernt habe, nie zärtlich, doch alles, was du sagst ... Sehr merkwürdig«, fährt er fort.

Dann sagt er, ich solle ihn mal in den Arm nehmen, na gut. Ich behalte die Augen offen. Sein fettiges Haar fühlt sich kalt in meiner Hand an. Meine andere Hand liegt auf seinem verschwitzten Hemd, das ihm am Rücken klebt. Mein Kinn gerät auf seine Schulter. Dann trete ich einen Schritt zurück und schaue weg, schaue mich um.

»Du siehst aus, als ob du dich nicht wohlfühlst«, sagt er. »Was ist denn dort? Etwa ein Spiegel?« Er schaut mich mit müden fragenden Augen an.

»Ja-a«, sage ich und schaue von dem fleckigen Spiegel mit der Bierreklame wieder zu ihm.

»Ich bin nicht eitel, sondern einfach nur unsicher. Ich habe ein geringes Selbstwertgefühl«, erläutere ich ihm lächelnd. »Ich kann es bis zu einem bestimmten Ereignis in meiner Kindheit zurückverfolgen.«

Er nimmt meine Hand.

»So geht es mir auch«, sagt er. »Das heißt, ich kann alles zurückverfolgen bis zu einem bestimmten Ereignis: meiner Kindheit.«

»Lass uns wieder raufgehen«, sage ich.

Die Bar ist immer noch voller Studenten, laut und betrunken tanzen sie herum oder stehen an den Wänden.

Wir setzen uns an den Bühnenrand. Hinter uns baut eine Band auf. Wir leeren unsere Gläser. Ich baumele mit den Beinen und schaue mich um. Die Jungs sind rachitisch dünn, den Mädchen quellen die teigigen Bäuche über die Jeans. Eng umschlungen schwanken sie an uns vorüber.

»Mir ist aufgefallen, dass die Leute hier gerne in der Öffentlichkeit miteinander rummachen«, sagt Newton, den Kopf schief gelegt, Schatten von seinem fransigen Haar über den Augen. »Was dort, wo ich herkomme, nun gar nicht üblich ist. Irgendwie ist es widerlich, findest du nicht?«

»Stimmt«, sage ich, »irgendwie widerlich.«

Schräg hinter ihm hängt eine ganze Reihe blauer Monde, ihr Schimmer überzieht sein Gesicht. Ich schiebe sein Haar zurück, um seine Augen zu sehen. Als er lächelt, erscheinen Falten wie Katzenschnurrhaare an seinen Schläfen. Dann küsse ich ihn.

»Tut mir leid«, sage ich und presse rasch die Lippen aufeinander. »Jetzt sind wir beide vulgäre Exhibitionisten.«

»Keineswegs, ich finde, du solltest ein bisschen häufiger mutig sein«, sagt er.

»Glaubst du?«, sage ich und lächle vor mich hin. Ja, ja.

»Ich bin immer noch dabei, mich zu verlieben«, sagt er.

»Ich dachte, mit dem Kuss hätten wir die Spannung gelöst«, sage ich. Das findet er nicht. Er steckt einen Finger in den zerrissenen Saum meiner Strickjacke, fährt an dem Riss entlang.

»*Du* löst dich auf«, sagt er.

»Ja, ich weiß«, sage ich, und dann: »Solln wir abhauen?«

Er erhebt sich und schaut mich an. Drückt den Bauch heraus und klopft sich darauf. »Ja, Kleines«, sagt er, »machen wir die Biege.«

Ich bitte Mary, uns ein Taxi zu rufen. Wir setzen uns draußen auf einen Wandvorsprung und warten. Ich kann alle Orte auf der Oldham Street sehen, an denen ich in den letzten Jahren gearbeitet habe. Während ich sie Newton zeige, sehe ich mich selbst wieder dort: wie ich im Vinyl Exchange Kunden anlächle, die etwas gekauft haben, das mir gefällt, wie ich muffige Klamotten zweiter Wahl im Oxfam Originals zusammenfalte, die Ellenbogen auf dem Tresen im Northern Quarter Café aufstütze. Newton erzählt, dass er auch manchmal kellnert. Ich schaue ihn an und versuche, es mir vorzustellen. Auf den schmalen Balkonen über den Läden auf der anderen Straßenseite stehen Leute. Ein verschlafenes Mädchen in Pyjama und Wollmütze beugt sich über das Metallgeländer und wirft ihrem Freund die Schlüssel hinunter.

Während wir reden, Autos vorbeiflitzen und der kalte Himmel heller wird, denke ich nach; Worte wie »Erlösung«, Worte wie »Transformation« kommen mir in den Sinn. Lauter merkwürdig geschwollenes Vokabular taucht auf. In der Bar hinter uns fängt die Band immer wieder an, ein Stück zu spielen, und bricht wieder ab. Ein ums andere Mal hört man das laute, aber unsichere Einzählen mit den Sticks, und dann lärmen sie vollkommen falsch los.

Kaum sind wir in der Wohnung, küssen wir uns. Wir gleiten zu Boden und bleiben erst mal mit dem Rücken zur Wohnungstür sitzen; er mit angezogenen Beinen und ich – ich kann einfach nicht stillhalten. Ich muss mich beherrschen, damit ich ihn nicht die ganze Zeit anschaue. Ihm eine Hand auf den stacheligen Bart lege und ihn anschaue. Lächle, starre. Er lächelt zurück. Er streicht mir übers Haar, er sagt meinen Namen, er stellt mir Fragen.

Ich stehe auf und ziehe ihn mit; er knallt mit dem Rücken gegen den Türrahmen, als ich ihn in mein Zimmer führe, ihn an den Kartons vorbeilotse, als seien wir Betrunkene, die einen letzten Tanz zusammen tanzen. Ich mache das Licht im Flur aus und die kleine Lampe in meinem Zimmer an.

»Schleuseneffekt«, sage ich und schließe die Tür hinter uns.

Ich setze mich. Er bleibt mit hängenden Armen an der Tür stehen. Ein Blick in seine Augen zeigt mir: Er ist in einem fremden, kalten Schlafzimmer in einer fremden, kalten Stadt. Aber wir sind zusammen hier, das ist doch schon etwas.

Mein Zimmer ist eine öde Müllhalde. Die Kartons immer noch in den Ecken, die unbezogene Bettdecke auf dem Boden neben dem Plattenspieler, überall halb volle Becher und bekritzeltes Papier.

»Du siehst, ich schwebe im Moment auf dem Gipfel eines Tiefs«, sage ich. »Entschuldige das ...«

Ich deute mit weit ausholender Geste auf das Schlachtfeld, doch er schaut nur mich an. Überall liegen nicht ausgelesene Bücher – offen auf meinem Bett wie Dächer, wie tote Vögel. Er nimmt eins, als er sich neben mich setzt.

»Die also umarmst du nachts«, sagt er.

»Ja.« Ich senke den Blick, dann schaue ich ihn an: »Sehr enthusiastisch reagieren sie nicht.«

Später fahre ich durch das Fischgrätmuster aus Haaren auf seinem vorstehenden Bauch, und er inspiziert meinen Arm: die Schrift auf dem Innenarm und die silbrigen Narben von Schnitten auf den Außenarmen.

»Baby, ich weiß, du hast keine Katze, mit der du dich balgst«, sagt er.

Ich bin so ruhig, so erleichtert, dass ich kein Wort sage. Seine Augen sind müde, seine Nase zerknautscht, sein Bart zerrupft. Ich kann den Blick nicht von seinem Gesicht lassen, von den kreuzstichartigen, blauroten feinen Äderchen unter seiner bleichen Haut, den Poren auf seiner Nase, den Mitessern. Kurz und gut, er sieht fantastisch aus. Er kommt mir vor wie ein Engel, so will ich ihn nennen.

»Was ist?«, sagt er, und ich lächle nur und schaue ihn weiter an. Nichts ist. Ich mag seine Stimme. Ich mag, wie sich sein Mund bewegt, wenn er redet.

»Willst du … vielleicht mit mir schlafen?«, sagt er und hebt die Brauen.

Ich sage: »Hm, also – eigentlich bin ich richtig schüchtern.«

Und schaue ihm in die Augen.

»Nervös solltest du nicht sein«, sagt er. »Schließlich sehe *ich* ein wunderschönes nacktes Mädchen an.«

»Ich bin nicht nackt«, sage ich, »ich meine, ich bin nicht nervös.«

Er legt sich neben mich.

»Weißt du«, sagt er, »du hast ein Gesicht – zum Sterben schön.«

»Gut, aber stirb nicht gleich«, sage ich. »Wir haben uns doch gerade erst kennengelernt.«

Morgens muss ich um acht gehen, um den Zug nach Leeds zu erreichen, wo ich mich mit Donna treffen will. Ich stehe in der Tür zu meinem Zimmer, trinke meinen Tee und warte, dass das Taxi kommt. Da liegt er in meinem Bett mit dem Gesicht zur Wand, die Knie hochgezogen, die Arme schauen unter der Decke hervor. Ich bin ruhig und nervös zugleich. Ich lege ihm einen Zettel mit dem Namen einer Bar in Liverpool hin, wo wir uns abends, nach seinem Gig, treffen können. Danach stehe ich bestimmt eine Minute lang in dem kalten grün-gelb gekachelten Hausflur, bei offener Wohnungstür, trete in dem feuchten, hallenden Flur auf der Stelle und habe das Gefühl, dass ich nicht ich bin und auch der trübe Tag dort draußen woanders ist. Der Taxifahrer drückt schon auf die Hupe, aber ich gehe rasch in die Wohnung zurück, um Newton noch einen Abschiedskuss zu geben. Dazu nehme ich seinen zerzausten Kopf in beide Hände.

7

Als der Zug in Stockport hält und ich hochschaue, steigt ein Junge in den vollen Wagen: der jüngere Bruder meines Exfreundes Lee. Wie er heißt, weiß ich nicht mehr. Wir sind uns nur einmal begegnet, bei einer chaotischen Party im Haus ihrer Eltern in Heaton Moor zu seinem sechzehnten Geburtstag vor fast drei Jahren. Damals sah er schon wie Lee aus; jetzt, da er nicht mehr so hoffnungslos linkisch ist, noch viel mehr.

Er steht an den Gepäckregalen und ist ganz in das versunken, was aus seinen Kopfhörern kommt. Mein Walkman schnurrt in meiner Tasche vor sich hin, ich stelle ihn ab. Wie seltsam, dass ich Lees Bruder ganz unbefangen beobachten kann. Ich muss es nicht verstohlen tun, nicht wütend. Als wir schneller fahren, in einen Tunnel, sehe ich, wie er sein Spiegelbild in der schmutzigen Türscheibe betrachtet. Er streicht sich das lockige schwarze Haar vor den Ohren glatt, schaut aber schnell weg, nach unten, als gefalle ihm der Anblick nicht. Dann studiert er die Landkarte an der Wand, danach seine Schuhe. Er trägt ganz normale Jeans und Pullover, keine albernen Schickimicki-

Klamotten wie Lee, bevor er endgültig in den Süden zog. Doch er steht genauso wie sein Bruder mit hochgezogenen Schultern und ausdrucksloser Miene da, er ist woanders. Eine Weile lang lese ich wieder in meinem Buch, merke aber allmählich, dass ich sehen will, ob der Junge so lächelt wie Lee. Wie schön, wenn er mich sähe und lächelte.

In Sheffield steigen viele Leute aus, und er lässt sich auf einem Sitz schräg mir gegenüber nieder, die Ellenbogen auf dem Tisch mit meinem Papier und meinen beiden Papp-Teebechern. Das Kinn auf die Hand gestützt, starrt er ins Leere. Ich kriege ein komisches Gefühl. Die gleichen Augen, Lees Augen, haben mich immer auf eine Weise angeschaut, wie sie es nie mehr tun werden, und hier wird es sozusagen Realität. Aber der Junge ist ahnungslos und erinnert sich auch nicht an mich. Ihn anzuschauen ist, als rufe man jemanden an, der nicht abnimmt, obwohl man weiß, dass er da ist. All die vertrauten Gesten – sich das Haar vor dem Spiegel glatt streichen und gleich den Blick abwenden. Als ich aussteige, verbanne ich die Gedanken aus meinem Kopf.

Donna führt die Oberaufsicht, während die Jungs aus ihrer Band im Joseph's Well die Anlage ausladen. Wir überlassen es ihnen und gehen uns betrinken und laufen herum wie immer, wenn Donna einen Auftritt hat. Sie fragt, wie meine Nacht war.

»Ich kann noch nicht darüber reden«, sage ich. »Aber ein Hauch von Romantik lag in der Luft. Definitiv.«

Das reicht ihr, sie konzentriert sich darauf, Spannung aufzubauen; ihre Augenbrauen sind zu einem spitzen dunklen V zusammengezogen. Sie hat Lampenfieber, wenn sie das auch nie zugeben würde.

Ihre Band ist heute Abend die Vorgruppe. Normalerweise steht sie mit dem Rücken zum Publikum (wenn Publikum da ist); heute beinahe seitlich. Ob das ein Fortschritt ist? Wer weiß. Sie dreht nämlich immer noch ihr hübsches spitzes Gesicht weg und hat nur Augen für ihre Effektpedale. Ich bleibe vorn, an der Seite, lege eine Hand auf das Kunststoffgitter des Lautsprechers. Als Donna und ihre Band fertig sind, winke ich Donna zu, damit sie weiß, dass ich gehe. Sie nickt und lächelt durch den Qualm. Ich laufe zum Bahnhof.

Um zehn bin ich in Liverpool und gehe direkt zu Ma Egerton's gegenüber dem Bahnhof Lime Street. In dem Pub waren Donna und ich immer, wenn ich schwänzte und sie mich besuchte. Es ist ein Pub nach unserem Geschmack, klein und verraucht. Über der rustikalen Holzvertäfelung hängen alte, gerahmte Plakate aus der Eingangshalle des Empire Theatre auf der anderen Straßenseite: für die Theaterstücke zu Weihnachten, für Billy Fury und Cilla Black, für den Zirkus Barnum. Hier haben Donna und ich immer gesessen, getrunken und Stellen in unseren Shelleys und Anne Sextons unterstrichen.

Ich hole mir einen doppelten Gin und gehe nach nebenan, um dort zu warten. Immer wieder lächle ich in mich hinein, doch je mehr ich es zu unterdrücken versuche, desto mehr muss ich grinsen. Der Hals wird mir eng vor Glück, und dann muss ich laut lachen und betrachte meine Hände und frage mich, was hier abläuft. Ein alter Liverpooler Alki kommt vom Nachbartisch und setzt sich zu mir. Er stellt sein überschwappendes orangefarbenes Bier hin und lehnt sich zurück.

»Schau dich an«, sagt er, »du liebst das Leben.«

Er strahlt. Ich sehe nur Zähne und Augen, einen knochigen Kerl mit einem Wirbel fahler Haare und entzündeter Haut auf Nase und Wangen.

»Recht hast du«, sage ich zu ihm.

Wir stellen uns vor. Er heißt Jed.

»Dein Name ist zu lang«, sagt er. »Ich habe einen neuen für dich. Muggsy.«

Der Spruch kommt wahrscheinlich bei manchen Leuten besser an als bei anderen. Ich lächle skeptisch.

»Muggsy? Okay.«

Eine Weile plaudern wir über Gott und die Welt. Lehnen uns zurück und betrachten die alten Plakate.

»Heutzutage«, sagt er, »wird man in seiner Freizeit ständig mit Farben zugeballert. Als ich das erste Mal im Kino war, war ich hin und weg.« Er schaut nach oben und sperrt den fast zahnlosen Mund auf. »Diese riesigen Gestalten – ›Guck dir *das* an! Der ist größer als mein *Vater*!‹ Wenn wir in Cowboyfilme gingen, nahmen wir unsere Knallpistolen mit. Champion, das Wunderpferd. Einmal sollte er Weihnachten im Empire auftreten«, er deutet mit dem Kopf auf das Theater, »und meine Mutter ist mit mir und meinen Brüdern hingegangen, und ungefähr nach der Hälfte heißt es: Jetzt kommt Champion! Und dann schlittert ein Esel über die Bühne, offensichtlich hatten sie ihn rausgeschubst, wie ...«

Die gelbe Glastür mit dem eingeätzten Muster geht auf: Newton. Er hebt eine Hand und sagt Hallo.

»Wir sehn uns, Jed«, sage ich und erhebe mich.

»Okay, meine Schöne«, sagt er.

Newton und ich setzen uns in eine Ecke und reden. Es ist eine angenehm frustrierende Unterhaltung, denn wir können die Augen nicht voneinander lassen, und einer erwähnt immer Bücher und Filme, von denen der andere noch nie gehört hat. Zum Beispiel hat er nie *Geliebter Spinner* gesehen. Ich zitiere ihm meine Lieblingszeile daraus: »Ich schlage jeden Tag eine neue Seite auf, doch die Kleckse scheinen durch.«

»Hast du auch schon mal so ein Gefühl?«, frage ich Newton, und er sagt ja. Doch, doch.

»Das nenne ich Kulturbarrieren«, sagt er kopfschüttelnd. »Wir müssen uns mal an einer Straßenecke treffen und unsere Koffer tauschen. Aber weißt du was? Ich habe heute dein Buch gesehen. Ich habe vor dem Schaufenster des Ladens die Haare glatt gestrichen und dagegen gehaucht, um zu sehen, ob ich Mundgeruch habe, und dann die Auslage angeschaut.«

Er führt es mir vor, drückt seinen lockigen Pony herunter, leckt sich Daumen und Zeigefinger an und fährt sich über die Augenbrauen. Gekauft habe er das Buch nicht, versichert er mir, weil ich ihm ja gestern das Versprechen abgenommen hätte, es nicht zu tun, mit dem Argument, dass ich auch keine Platten von ihm kaufen würde. Ich weiß nicht, warum das von entscheidender Bedeutung für mich ist.

»Dann kann ich also nie eine von deinen Geschichten lesen?«, sagt er jetzt.

»Du fragst mich, ob du meine jungfräulichen Tagebücher lesen darfst ... Hm, vielleicht, na ja ... *Wenn du alt bist ...*«

Da verdreht er die Augen. Er könne sich nicht vorstellen, wie ich schreibe, meint er, und ich erwidere: »Sagen wir, ich gehöre zur expressiven Schule.«

Worauf er bedauernd nickt und sagt: »Ach, ich auch.«

Wir stoßen beide einen übertriebenen Seufzer aus und betrachten unsere Knie.

Newton sagt vieles, das mir zu denken gibt, und das sage ich ihm. Danke gleichfalls, antwortet er. Wir haben uns gerade erst kennengelernt und verstehen uns gut, da wendet sich das Gespräch natürlich auch unseren körperlichen Mängeln zu. Ich zeige ihm meinen falsch abgeknickten Ellenbogen; er hebt sein dünnes Hemd und sein T-Shirt an und zeigt mir eine runzlige Blinddarmnarbe, ein gepolstertes Stückchen knittriger, violettfarbener samtiger

Haut. Die war mir noch gar nicht aufgefallen. Dann führt er mir vor, wie er seine kleinen Finger am zweiten Gelenk nach außen biegen kann. Wir legen die Hände mit den Handflächen aneinander und bestaunen den Unterschied. Beide sind wir Sprachartisten, und dann machen wir so was.

Er erzählt mir von dem Ort, wo er aufgewachsen ist. »Ich bin Einzelkind«, fährt er fort. »Meine Eltern sind kluge Leute, aber ein bisschen verrückt. Und sie liebten einander sehr, mehr als jemals mich. Schon von frühester Kindheit an war ich sehr auf mich allein gestellt. Toll war das nicht. Jetzt habe ich das Gefühl, als sei meine Kindheit immer bei mir. Als sei ich allein. Und ausgeschlossen. Manche Leute haben vielleicht eine schreckliche Kindheit gehabt, vielleicht auch eine wunderbare, aber sie begleitet sie nicht. Ich habe das Gefühl, meine ist immer bei mir. Ich bin nie nicht darin. Weißt du, was ich meine? Ich meine – Wie ist es bei dir?«

Da hat er mich auf dem falschen Fuß erwischt. Ich möchte ihm eine ehrliche Antwort geben, weiß aber selbst nicht, wie die lauten würde. Fast sage ich: Über meine Eltern brauchen wir gar nicht erst zu reden. Oder: Ich bin in einem Haus voller Fehler aufgewachsen. Beides stimmt, ist aber zu überheblich, zu selbstbezogen. Ich sage:

»Bei mir ist meine Kindheit nicht, Gott sei Dank. Aber immer wenn ich *Mary Poppins* gucke, weine ich. Vielleicht bedeutet das ja was.«

Er weiß nicht, ob ich es ernst meine. (Ich meine es ernst.)

»Don't Go Breaking My Heart« ertönt aus der Jukebox, und ich sage: »Das soll bei meiner Beerdigung gespielt werden.«

Den Spruch sage ich immer bei dem Song. Niemand hat es bisher lustig gefunden, außer Donna natürlich. Ich habe Newton schon von ihr erzählt. Er hat auch einen Freund, der auf ihn aufpasst.

Er sagt: »Zeke streicht mir übers Haar, wenn ich betrunken bin und sage: ›Herrgott, was tu ich mir da an?‹«

Ich erzähle ihm, dass Donna und ich den Song letzten Sommer immer beim Karaoke gesungen haben. Dienstagabends in Rockingham's Piano Bar.

»Du magst Karaoke?«, sagt er. »Das überrascht mich.«

Ich verstehe nicht, warum.

»Ich finde es toll«, sage ich. »Du nicht? Es ist klasse.«

Als er mich anschaut und lächelt, kommen mir seine Zähne ungeheuer weiß vor, wahrscheinlich, weil ich so selten mit Nichtrauchern zusammen bin.

»Ich liebe Karaoke über alles«, sagt er. »Es geht ja immer nur um Eitelkeit, findest du nicht? Außerdem glaube ich, es sagt etwas über Menschen aus, wenn sie es nicht können.«

Allerdings, der Meinung bin ich auch. Einmal war ich mit James im Rockingham's, aber er hat nur ein Songbook gestohlen, die rote Plastikmappe in seinen Rucksack geschoben, als alle anderen tanzten. Er hielt die fotokopierte Liste von Songs und Stücken für einen guten »Fund«; eine Enzyklopädie moderner Befindlichkeit. Aber er hätte nie dort singen können.

»Ich laufe auch oft nackt herum«, sagt Newton. »Und bestimmt haben alle schon die Nase voll davon. Neu ist die Masche ja nicht. An dem Abend, bevor ich dich kennengelernt habe, saß ich bis auf Hemd und Socken nackt in der Bar des Schuppens in Nottingham, in dem wir unseren Gig hatten. Zu Hause an Halloween war ich ebenfalls nackt. Das heißt, ich hatte mit Tesafilm kleine Plastikentchen um mich gewickelt. Es war ›Enten, gefangen unter Eis‹. Gut, die Leute haben gelacht, doch die meisten haben sicher gedacht: Warum ... Warum ist er schon wieder nackt? Aber es geht ums Gleiche, es geht darum, seine Eitelkeit abzulegen, ehrlich zu sein ... Zum Beispiel habe ich mit meinem Schlagzeuger Gary über dich gesprochen und über Renée, das Mädchen, mit dem ich, streng genommen, *nicht* zusammen bin.« Er macht mit den Fingern Anführungszeichen um das Wort »nicht« und fährt fort: »Und er war auch der Meinung, dass ich endgültig mit ihr Schluss machen sollte, weil ich sie schon zweimal betrogen habe.«

»Mich nicht mitgezählt«, sage ich. Ich reibe mir mit der Hand über die Rippen und lasse sie an meiner Kehle liegen.

»Dich nicht mitgezählt.«

Allgemeines Erstaunen. Ich stehe auf, um noch was zu

trinken herbeizuschaffen. Als ich zurückkomme, lächelt er unsicher, trinkt einen Schluck von seinem Whisky/Limonade und erzählt weiter:

»Es ist nur, dass ich glaube … Also, gestern Nacht wusste ich auf einmal wieder, wie es ist, mit einer Frau zusammen zu sein. Jetzt, wo ich dich kennengelernt habe, kommt mir vieles von dem, was ich mache, bedeutungslos vor.«

Das hat er gesagt. Wer sagt denn so was? Keiner. Aber er hat es eben gesagt. Meine Gedanken rasen. Doch mein Gesicht fühlt sich an wie Beton und als sei der Ausdruck nur darübergelegt. Ein komisches Gefühl. Meine Mutter sagte ja auch immer: »Nimm mal das Gesicht ab. Es ist ja, als hinge ein Damoklesschwert über mir.«

Ab nun gerät das Gespräch zum Fiasko. Die ganze Zeit kommt er mit Namen an.

»Und dann Merry, wahnsinnig lustig und hübsch, aber … Irgendwie schaffte ich es auch nicht, sie wirklich zu mögen …«

Ich strecke die Beine aus und schlage die Füße gegeneinander. Die Spitzen meiner Ballettschuhe sind so abgestoßen, dass sie wie graue Pappe aussehen. Ich betrachte sie, presse die Lippen aufeinander, während er sich immer weiter darüber auslässt, wie untreu er früher war und – aber ja, doch – wie untreu er *ist*. Warum reagiere ich so, überlege ich. Er macht mir Komplimente, er sagt, das hier sei anders, nur darum erzähle er mir das ja alles, doch, doch, aber mich beherrscht nur der eine Gedanke: Ich weiß nicht, was ich tun soll. Die Worte lösen sich in ein eigentümliches Staunen über vollkommenes Alleinsein auf, und dabei ziehe ich jetzt eine Grimasse, die Unbeschwertheit oder Interesse heuchelt, und wir beide halten uns an unseren dämlichen kleinen Gläsern fest, deren Inhalt schal wird und in denen die Eiswürfel schmelzen und zerbrechen. Mein Mund fühlt sich an wie versiegelt. Meine Gedanken rutschen mir weg. Newton hasst es, allein zu sein. Allein im Gegensatz zu was? Ich stelle mir vor, wie er sich die Finger an ihrem Puppenhaargespinst schneidet, sie sich wie Vogelfüße in einer Angelschnur verfangen.

Die Musikbox klackt und spielt einen neuen Song:

»They say that you're a runaround lover ...«

Newton zieht grinsend die Stirn kraus und zeigt mit einer Miene auf den winzigen Lautsprecher, als wolle er sagen: Woher wissen die das? Was sind das für Leute ...?

Ich hebe eine Braue und lächle; mich beherrscht nur ein Gedanke, dass nämlich Weggehen in dieser Situation das einzig Angemessene ist. Wenn mir nur nicht so elend wäre. Wenn ich ein wenig Selbstachtung hätte. Bei der Vorstellung, einfach aufzustehen und wegzugehen, schlägt mein Herz schneller und verstolpert sich. Es pocht mir bis zum Halse, und mir wird schwindlig. Und ich bewege mich nicht von der Stelle. Wie kann ich einen Raum verlassen, in dem er ist? *Also bitte*: Wie könnte ich jemals einen Raum verlassen, in dem er ist? Bei jeder neuen heimlichen Schandtat, von der er erzählt, mache ich große Augen und pfeife. Bei all den lustigen, hübschen Mädchen, die er aufführt, damit ich sie in Augenschein nehme. Aber ich kann nicht hinschauen. Was würde Mary tun? Ihr wäre es vollkommen egal. Nein, wäre es nicht, wenn sie verliebt wäre. Dabei kenne ich das Wort gar nicht. Wirklich nicht? Ich schaue Newton an, es knistert zwischen uns, und wenn ich es überhaupt wage, von der imaginären Münze, die ich kreiseln lasse, aufzublicken, bekomme ich eine Ahnung, eine zaghafte Ahnung, wie es wäre, einmal jemanden zu treffen, der mir geistesverwandt ist, und dann überkommt mich eine derartige Ruhe, dass es mir einerlei wäre, wie blutig die Schlacht danach würde. Wirklich, vollkommen einerlei. Aber reden kann ich nicht, solange mir solche Träume den Hals verstopfen. Außerdem habe ich auch noch andere Ahnungen, ein plötzliches Wissen, wie ich mich fühlen würde, wenn er aufhörte, mich anzuschauen, als interessiere er sich für mich. Vielleicht hört er ja schon auf. Ich sollte keinen weiteren Blick mehr riskieren.

Ich könnte seine Hand nehmen und »Psst ...« sagen. Doch seine freie Hand umklammert den fleckigen grünen Veloursitz; auf den speckigen kahlen Stellen sehen seine Fingerknöchel blass und die schmuddeligen Finger zu rosig aus. Meine eigene leere Hand – ja, die umklammert die Tischkante. Da sitzen wir. Und ich dringe nicht zu ihm durch oder kann nicht genug aus mir herausgehen. Er zuckt die Achseln, lächelt, steht auf und geht zur Toilette. Dabei stolpert er über einen schlecht zusammengeklebten Riss im Teppich. Ich würde ja so tun, als hätte ich es nicht gesehen, wirklich, doch es herrscht um uns herum eine so gute Stimmung, dass ich tatsächlich ein kurzes hohes Lachen ausstoße. Es missglückt und klingt schrecklich. Ich bin entsetzt über mich, aber gleichzeitig dankbar, dass ich sein Gesicht nicht sehe, als er das hört. Als er die Tür zur Herrentoilette aufstößt, sage ich laut, was ich die ganze Zeit gedacht habe: »Es bricht einem das Herz.«

Die Wirtin schaut verständnislos von ihrer Zeitschrift hoch. Ich biege an der Kante des eingedellten Kupfertischs einen Bierdeckel um. Heute Abend fühlt sich sehr alt an.

Trotzdem landen wir schließlich in einem Hotel. Im Gladstone, einem düsteren, grauen hohen Bau, nur wenige stumme Schritte von dem Pub entfernt. Als Newton seine Brieftasche offen lässt, während an der Rezeption seine Kreditkarte durchgezogen wird, ist es da: in einem rissigen Plastikfensterchen ein Schwarz-Weiß-Foto von ihm und einem Mädchen. Einem wunderschönen Mädchen – alles, was recht ist. Ich schaue eine Sekunde hin. Er wollte, dass ich hinschaue, und ich schaue hin. Sie hat einen vollen Pony, ein Auge schläfrig geschlossen und den Arm um seine Schulter gelegt. Er zieht eine Grimasse wie üblich und sieht erheblich jünger aus als jetzt. Nicht so müde.

Sieht sogar rasiert aus und als hätte er beinahe so etwas wie eine Frisur. Ich wende den Blick ab, und mal abgesehen von dem, was ich empfinde – ich weiß nicht, was –, denke ich, wie schön, wenn jemand noch Jahre später ein Foto von einem in der Brieftasche hat. Eigentlich ist das doch wunderschön. Ich sehe es, und es tut mir leid, dass ich beleidigt war.

Ich setze mich auf den Resopaltisch in unserem stickigen Zimmer mit der niedrigen Decke; er zieht seine karierte Jacke aus, hängt sie an die Tür, kommt zu mir und legt mir seine rauen Handflächen in den Nacken. Er küsst mich, dann umarmen wir uns stundenlang. Ich spüre seine warme Hand auf meinem Rücken, die andere packt mich im Nacken. Er bewegt beide Hände zu meinen Hüften hinunter, und ich verhake meine in den Gürtelschlaufen hinten in seiner Cordjeans und schaue nun wieder in seine tiefbraunen Augen mit den schweren Lidern. Dann wird es mir zu viel. Ich muss den Kopf wegdrehen und aus dem Fenster blicken. Durch die grauen Netzgardinen sehe ich den Club, den wir hören. Zwei Mädchen kommen Arm in Arm heraus und gehen im Zickzack die nass glänzende Straße hinunter. Auf der Sperrholzüberdachung über der Tür sind Karikaturen von knallbunten, ballonbäuchigen kopulierenden Schweinen. Die will ich auch nicht sehen. Newton legt sein Kinn auf meine Schulter.

»Und jetzt denkst du bestimmt, was für ein Monster ich bin«, sagt er leise. Ich muss die Augen schließen.

Ich sehe zu, wie der Regen das Fenster mit grauen Schlieren überzieht und es wie ein Bild auf der verblassten Regency-Tapete erscheint. Newton liegt zwischen meinen hochgezogenen Beinen und stößt, das Gesicht auf meinen Rippen, seinen süßen Atem aus, sein Herz pocht, langsamer werdend, an meinem Bauch. Ich schaue auf seinen Kopf, sein dichtes Haar liegt dort, wo mein BH hochgeschoben ist. Erst einmal empfinde ich nichts. Angesichts der ganzen Situation empfinde ich einfach nichts. Dann löst sich was in meinem Magen, und ich weiß nicht, was. Als seien kleine kalte Hände darin und drückten nach außen. Einen schwindelerregenden Moment lang kneife ich die Augen zu. Als ich sie wieder öffne, dreht er den Kopf ein wenig weg und sagt: »Liegst du bequem?«

»Ja, sehr«, sage ich.

Meine feuchten Haare fühlen sich an wie Chiffonschleier. Ich schiebe sie mir aus dem Gesicht, liege still.

Nun setzt er sich auf die Fersen und reibt sich mit dem Handballen über die Stirn. Ich lasse meinen Blick über seine Augen, Nase, den Mund wandern, alles grobkörnig grau-schwarz. Er betrachtet mich.

»Hör zu«, sagt er, schaut zur Seite und verzieht das Gesicht. Blinzelt, schaut mich wieder an und sagt: »So war es noch nie, wenn ich mit jemandem zusammen war.«

Ich verziehe keine Miene und sage dann: »Hm. Bei mir auch nicht. So.«

Ich drehe den Kopf auf dem kalten Kissen, auf dem harten, kalten Baumwollstoff. Er legt sich neben mich, und ich starre in die klare Dunkelheit. Als sein Atem regelmäßiger geht, drehe ich mich um und stütze mich auf die Ellenbogen. Er liegt auf dem Rücken, hat die Augen entspannt geschlossen und den Kopf zur Seite gedreht. Ich knie mich hin, warte noch eine Weile, das Betttuch um die Beine geschlungen – die Lichter der Autos draußen gleiten über uns beide –, dann fahre ich mit den Händen unter die verhedderte Bettdecke und lege sie flach und fest auf seine Hüften, so, dass sie richtig passen. Als ich ihn dann anschaue, fühle ich etwas an meinem Brustbein, ein Dehnen, ein Spannen, und mein Herz macht ein Stolpergeräusch, als hätte es sich losgerissen. Ich lege mich wieder auf den Rücken, schließe die Augen und bleibe so still liegen, wie ich kann. Lange. Dann drehe ich mich mit geschlossenen Augen vorsichtig um und lege den Arm um ihn, drücke auf die schuppige Haut über seinen Rippen. Er macht es auch bei mir, ganz genauso. Er ist warm, er ist ein anderer Mensch.

Am nächsten Morgen muss er mit seiner Band nach Südengland, doch bevor er sich mit seinen Kumpels trifft, geht er mit mir zum Bahnhof. Bis zur Abfahrt des Zuges dauert es noch eine halbe Stunde, und wir gehen in den billigen Imbiss unter der Bahnhofshalle. Viel sprechen wir nicht an diesem Morgen. Ich bin nervös, bis die Kellnerin uns das Essen bringt: zweimal Frühstück, das auf mülleimerdeckelgroßen Tellern hin- und herrutscht. Ich verschlinge meins, während Newton in seinem herumstochert, mit der Gabel die gebackenen Bohnen durchrecht und einen halb rohen Kartoffelpuffer immer wieder durch die schwappende braune Soße schiebt.

»In letzter Zeit esse ich gar nicht mehr, sondern ernähre mich weitgehend von Eiswürfeln«, sagt er lächelnd, und ich lächle auch. Ich glaube, wir wissen beide nicht, was tun. »Dein Appetit ist beeindruckend«, sagt er, als ich die letzten Essensreste mit einem schwammigen Stück Toast aufnehme. Ich schiebe den Teller weg und setze die Ellenbogen auf.

»Keine Sorge. Nachher kotz ich das Ganze wieder raus«, sage ich und vertiefe mich in das verblasste unterwasserblaue Milch-Reklame-Plakat auf der Holzwand. Er meint, ich hätte einen Witz gemacht. Ich will ihn nicht anschauen. Ich weiß nicht, was hier abläuft. Ich weiß nicht, was für ein Spiel ich spiele. Ich fange an, die Bodenkacheln zu zählen, dann verreibe ich die aneinanderhängenden feuchten Ringe von unseren Bechern auf dem roten Tisch, der voller Krümel und glänzender Fettflecke ist. Jedes Mal, wenn ich ausatme, zieht sich in der Kälte meine Haut enger zusammen. Ich schaue zu Newton hoch, er beäugt sein Frühstück. Ich spüre, wie mein Mund zuckt, und wende den Kopf ab. Ich ertrage den Anblick nicht, wie sein aschbraunes Haar fällt, wie seine Finger aus dem ausgefransten Jackenärmel kommen und das Messer in der Hand halten, das er nicht benutzt.

Also schiebe ich auch seinen Teller beiseite. Und ergreife seine Hand. Wir spielen mit unseren kalten Händen und sagen kein Wort. Ich glaube, er schaut mich an, aber ich kann ihn in diesem Moment nicht ansehen. Irgendwas muss ich hier festhalten, doch ich habe keinen blassen Schimmer, wie.

Und dann dreht er sich weg von mir, lehnt sich an die Wand, draußen vor dem Bahnhof Lime Street.

Er sagt: »Ist dir schon mal aufgefallen, dass du manchmal sehr viel sagst und manchmal gar nichts?«

Es ist wie früher, als ich klein war: Mein Mund ist eine gerade Linie, die die Dinge ausstreicht. Ich zucke mit den Schultern.

»Hmm ...«, sage ich.

Und probiere aus, ob ich stattdessen etwas mit den Augen sagen kann. Wir denken beide vermutlich das Gleiche, es bewegt sich zwischen unseren Augen hin und her. Doch nein, das stimmt nicht.

»Ich glaube, mein Problem ist, dass ich mich partout verlieben will«, sagt er. Er verzieht die eine Hälfte seines Gesichts und legt den Kopf schräg. Lächelt. In der kalten Morgensonne sieht man nun so richtig, wie alt er ist.

Mein Gesicht ist weiter wie erstarrt. Mein Kleid wird vom Wind zur Seite geweht, bildet wirre Falten um meine Taille. Ich schaue nach unten, um es glatt zu streichen.

»Ach, hm. Dann bist du das Gegenteil von mir«, sage

ich. Ich weiß nicht, warum. Ich glaube nicht einmal, dass es unbedingt der Wahrheit entspricht.

»In den letzten Tagen sind mir ganz schön die Augen aufgegangen«, sagt er. »Es wird eine Weile dauern, bis ich mich davon erholt und es kapiert habe ...«

Ich nicke. Doch zu diesem Zeitpunkt sehen wir schon in die Leere über unseren Schultern. Und nun, da alles derart beschissen läuft, kann ich auch gleich noch einen draufsetzen.

»So geht's mir auch«, sage ich. »Ich habe nämlich – und jetzt hältst du mich garantiert für abartig –«, ich verdrehe die Augen und lächle, vermutlich sieht es jedoch keineswegs so aus, »bis gestern Nacht zwei Jahre lang mit niemandem geschlafen.«

Er nickt auch, zu schnell, als hätte er mir gar nicht zugehört. Ich betrachte meine Hände. Mein Gesicht fühlt sich leer an, doch ich denke: *Bitte schön, Newton. Jetzt kannst du dein Gesicht auf den Teller legen und es fressen.*

Wir gehen langsam in den Bahnhof, er wirft einen Blick auf die flackernde Anzeigetafel mit den Abfahrten.

»Na ja, das ist wahrscheinlich ziemlich lange«, sagt er. Er hat die Hände in den Taschen. Er schaut mich nicht an.

Ich zucke die Achseln. An meinem Bahnsteig verschränkt er die Arme hinter dem Kopf und betrachtet seine Schuhe. Grüne Converse, die weißen Rippensocken sind darübergerutscht, graue Painterjeans aus Cord. Als wir uns umarmen, schmecke ich seinen Pullover. Wieder fühlt sich sein fettiges Haar kalt an. Dann sage ich mit einem Blick auf seine Schuhe so schnell, dass er es bestimmt nicht mitkriegt: »Hm, vielleicht sehen wir uns ja eines Tages wieder, ich war jedenfalls eine Weile sehr verknallt in dich, gut, okay.«

Eine große Rede von Esther, und gehalten, *ohne ihm auch nur einmal in die Augen zu schauen*. Er umfasst mein Gesicht rasch mit beiden Händen und küsst mich immer wieder. Küsst mich, doch dann drehe ich stirnrunzelnd den Kopf weg und *schüttle ihm die Hand*, obwohl ich ihn eigentlich nur an den Schultern packen und schütteln und meinen Mund auf seinen drücken möchte, denn, Herr im Himmel, wie oft hat man die Möglichkeit, in solche Augen zu schauen? Die Antwort lautet: nie. Nie, nie, nie! Ich schaue nicht hinein. Und dann drehe ich mich um, zeige meine Fahrkarte vor, gehe den Bahnsteig entlang und höre einzig und allein auf das dumpfe Geräusch meiner flachen Schuhe. Sieht er mir nach, wie ich weggehe, oder hat er sich auch schon umgedreht und geht fort? Ich mache bestimmt ein total blödes Gesicht. Ich würde mich gern umdrehen und schauen. Jetzt, denke ich. Jetzt. Jetzt. Doch ich latsche weiter geradeaus und steige an der ersten Tür ein, die ich erreiche. Ich drücke auf den Knopf zum Öffnen, gähne in meinen Ärmel und versuche mir schon einzureden, dass meine Gefühle eigentlich nur dünn und überspannt sind und ich sie jederzeit zerreißen kann. Zerfetzt und zerfasert werden sie verwehen.

8

Ich wollte nach Hause laufen, doch ich merke, dass ich keine Energie mehr habe, und gehe zur Bushaltestelle. Auf dem Piccadilly Gardens hängen die Rock Kids rum – sie kauern auf dem Rasen und reden darüber, wer schon da ist und wer noch kommt. Sie ziehen sich die Kapuzen ihrer Pullover über den Kopf, denn es weht ein scharfer Wind, in dem die starren Zweige der Bäumchen zittern, die dekorativ zwischen den Bänken in winzige Erdquadrate gesteckt worden sind. Tauben zerschneiden den leeren Himmel.

Auf dem Oberdeck des Busses setze ich mich auf den letzten leeren Doppelsitz. Die dünne Luft ist nasskalt, und auf den Fensterscheiben liegt ein zarter grauer Schleier. Das Mädchen vor mir kämmt sich fortwährend das nasse blonde Haar, es riecht nach ausgelutschtem Pfefferminzkaugummi und süßem Shampoo. Ich beobachte das Mädchen und denke an nichts. Als der Bus sich schwerfällig von der Haltestelle wegbewegt und seine Fahrt beschleunigt, sehe ich zu, wie eine Pfütze von einem verschütteten Getränk im Gang immer länger wird und an einem verknüllten Bonbonpapier leckt.

Ein Mann kommt die Treppe heraufgekeucht, bestimmt über fünfzig, gestreiftes Hemd, Lederjacke. Er steht im Gang, atmet schwer durch den Mund und hält sich mit einer Hand an der klebrigen Haltestange fest. Alle Fahrgäste mit freien Plätzen neben sich sind ausschließlich mit sich und den Fenstern, durch die sie nichts sehen können, beschäftigt. Als er sich neben mich setzt, rücke ich gerade so viel, dass sich unsere Beine nicht berühren, mehr nicht. Ich schließe die Augen und lege den Kopf an die feuchte Scheibe. Er drängt sich an mich, als er mit viel Mühe seine Bomberjacke auszieht. Das graue Leder knatscht. Seine Ellenbogen sind überall. Ich rieche, wie sich sein Schweißgeruch ausbreitet. Ich versuche, mich in ein gereiztes Telefongespräch zu vertiefen, das auf dem Platz hinter mir geführt wird. Die Augen noch geschlossen, hebe ich die Brauen und presse die Lippen aufeinander, wenn auf die ewigen Er-hat-Gesagts die Sie-hat-Gesagts folgen. Ich atme im Takt mit dem Greinen und Schreien eines Babys unten im Bus, muss mich aber ein wenig aufsetzen, weil der Mann die ganze Zeit sein Bein an meins schiebt und ich durch den Stoff fühle, wie sich sein weiches Fleisch bewegt. Ich höre auch ein Ticken. Wieder drückt er sich an mich, und ich will schon aufstehen und mir unten einen Stehplatz suchen, als ich ihn dann doch anschaue. Und an ihm *herab*schaue.

»Herrgott noch mal. Verdammte Scheiße!«, sage ich und verjage ihn wütend: »Hau ab. Steig aus, du Arsch. Los, hau ab.«

Er erhebt sich. Blickt mich mit beleidigten Kleinjungenaugen an, geht aber die Treppe hinunter. Ohne ein Wort zu sagen. Ich kann mir seine Stimme nicht vorstellen. Die Leute drehen sich um. Jemand lacht. Sie erzählen sich gegenseitig, was passiert. Ich stemme mich mit flachen Händen gegen den Vordersitz und strecke den Kopf vor.

Am Stand eines alten Mannes an der Bushaltestelle kaufe ich mir eine matschige Birne, deren Schale von einer feinen Schicht Verkehrsschmutz überzogen ist. Ich reibe sie an meinem Anorak ab und esse sie auf dem Nachhauseweg. Meine Finger und Handgelenke werden von dem wässrig herunterrinnenden Saft nass, meine Hand eiskalt. Meine Schnürsenkel sind lose. Vor mir packt der Wind immer wieder eine Zeitungsseite, zieht sie über den Bürgersteig, hebt sie hoch, lässt sie fallen. Das beobachte ich im Gehen, und als ich mich ihr nähere, sie hochflattert, als werde sie an einer Schnur gerissen, und direkt auf mich zukommt, zucke ich zurück. Was soll ich tun? Obwohl ich mich ein wenig bücke, streift sie mich am Kopf, als sie über mich hinwegschwebt. Ich mache die Augen zu, und als ich sie wieder öffne, begegne ich dem Blick eines rothaarigen Kerls, der mit seinem Fahrrad auf mich zutrottet: ein Angeber, ein Cola- und Chips-Typ.

»Das bedeutet, dass du was Besonderes bist«, sagt er.

Newton hat zwei Dinge hinterlassen, um zu beweisen, dass er existiert. Einen Brief auf meinem Kopfkissen – damit hatte ich gerechnet. Er ist mit Kuli auf die Rückseite einer meiner Kritzelzettel geschrieben. Unten stehen eine Adresse und eine Telefonnummer. Es ist traurig, doch während ich den Brief lese, weiß ich, er ist von vorher und nun im Grunde bedeutungslos. Ich sollte aber erwähnen, dass ich ihn nicht weggeworfen habe – wozu auch immer das gut sein soll. Vielleicht sollte ich des Weiteren erwähnen, dass er zusammengefaltet in meiner Brieftasche in meiner Strickjackentasche liegt – wozu auch immer *das* gut ist. Als Donna von der Arbeit kommt, erzähle ich ihr, was ich mit der anderen Visitenkarte gemacht habe.

»*Was* hast du getan?«

Vor lauter Lachen kann sie nichts sagen. Sie springt gickelnd auf mein Bett und wieder herunter. Ich höre die alten Federn knarzen, und Staub quillt heraus. Sie rennt um mich herum und setzt sich auf einen der Kartonstapel.

»Was hast du gemacht? Es mit Rosenblüten und Wimpern gemischt und auf den Toast gestrichen?«

Ich grinse und schüttle den Kopf. »Nein«, sage ich, »eher was Homöopathisches.«

Donna kann es nicht fassen. »Du Gifthexe.«

»Na und? Es ist nicht giftig, es ist Bio, und es ist romantisch«, sage ich. »Das ist Romantik, Donna. Merk dir das.« Ich klopfe mir an die Nase, denn ich weiß es.

»Ich male mir ja gerade aus, wie du es reingekippt hast«, sagt Donna und nimmt mich genauer ins Visier.

Ich setze mich zu ihr, schließe die Augen, lehne mich ans Bett und sage: »Ach ja? Das ist schön.« Dann sage ich im Tonfall meiner Mutter: »Also wirklich, immer musst du übertreiben.«

Donna macht mit ihren winzigen Händen zwei Schnäbel und schnattert damit. Wir stecken uns gegenseitig immer wieder mit dem Kichern an. Schon ist mein Gesicht tränenüberströmt, und ich kriege Seitenstechen. Nicht zum Aushalten, so gute Laune habe ich. Ich fühle mich, als hätte ich gerade etwas Erstaunliches vollbracht. Ich empfinde eine heikle Freude, als wäre ich endlich außer Gefahr.

Wir gehen in die Küche, um einen Tee zu trinken. Ich setze mich auf die Arbeitsplatte und rede, während Donna den Tee kocht:

»Ich muss dir von dem Typen erzählen ... Seine Haut sah aus wie ein gammeliger alter Waschlappen, die Nase war zerquetscht und voller Mitesser, er hatte einen Bärenbauch und eine schweißnasse eingesunkene Brust. Schmutzige Hände, Schlafzimmerblick, in einem Satz: Er sah toll aus. Er war's.«

»Seltsam«, sagt Donna. »Du magst doch gar keine bärigen Männer, du magst doch ... wie sagt man bei Frettchen? Ist er noch im Land?«

»Ja, aber morgen fliegt er zurück, nach Vermont.«

»Vermont«, sagt sie. »Über Vermont weiß ich nur ...«

»Ja, Salinger hat sich dort verschanzt.«

Sie nickt.

»Robert Frost ist dort begraben«, sage ich.

Sie schnipst mit den Fingern. »Und Donna Tartt ist dort aufs College gegangen.«

»Die andere Donna«, sage ich.

Ich erzähle ihr nicht viel von Liverpool, doch ich zeige ihr meinen Brief. Sie liest ihn langsam und schaut mich an. Sie ist der felsenfesten Überzeugung, ich solle mich bei ihm melden. Sie findet, ich solle zu ihm fahren, den großen Schritt wagen. Also male ich mir aus, wie ich auf der Schwelle eines bonbonbunten Schindelhauses herumtänzle, darauf horche, wie die Klingel drinnen ertönt, und mir die Fingernägel am Revers poliere. Was wird er für ein Gesicht machen, was für eins ich? Es ist ein billiger Tagtraum. Auch wenn ich noch so schnell atme, ich weiß, ich bin zu spät.

»Sein Lieblingsfilm ist *Die Reifeprüfung*, vielleicht liebt er die große Geste«, sage ich. »Doch was unsere Geschichte betrifft, glaube ich, ist er zum gleichen Schluss gekommen wie ich.«

»Du würdest dich doch freuen, wenn er eines Tages hier aufkreuzte«, sagt sie.

»Natürlich. Aber er umgekehrt nicht.«

»Gut, aber manche Leute haben so eine Angst, dass sie abhauen, wenn du ihnen auch nur die geringste Möglichkeit dazu gibst.«

»Ecco«, sage ich. »Ich.«

»Ruf ihn an. Nimm es als Übung in ... der Verpflichtung, eine Story zu Ende zu bringen.«

»Was für eine Verpflichtung?«, sage ich.

»Schon gut«, sagt sie.

»Nein, nein, ohne mich. Dazu ist das Fernsehen da«, sage ich und zeichne mit dem Zeigefinger eine Flimmerkiste.

Donna stellt ihren Becher ab, stemmt die Hände in die Hüften, druckst herum.

Ich sage: »Nein – das kann gern unerledigt bleiben, hübsch in der Schwebe.«

Ich lehne mich zurück und vollführe unerledigtes Schweben mit beiden Händen.

»Wie Isadora Duncans Schal«, sagt Donna. Dann hört sie auf, hin und her zu laufen, und setzt sich auch.

»Es geht nicht, Donna. Es wäre auch doppelt riskant, weil ich im Moment ganz gut mit mir allein zurechtkomme.«

»Von diesem Schaukelstuhl aus gesehen, nicht, Schwester«, sagt sie. Sie zieht den Reißverschluss ihrer Strickjacke hoch, legt den Kopf kurz nach hinten, dann mustert sie mich. »Ach, ruf ihn an!« Sie schlägt mit der Hand auf den Tisch, lächelt ein schiefzahniges Lächeln und sagt: »Was ist denn das Schlimmste, was passieren könnte?«

Ich erstarre, eine Eiseskälte überkommt mich. Das Schlimmste, was passieren könnte. Es wäre der erfolgloseste Anruf in der Geschichte der Menschheit. Ich höre geradezu mein bedeutungsschweres Hallo und seine dünne, fröhliche, gleichgültige Stimme.

»Donna, sei still! Schluss jetzt!«, rufe ich. Ich meine es ernst, sage ich ihr mit meinem Blick.

Sie beugt sich auf ihrem Stuhl vor, ihre Augen glänzen, ihr Lächeln ist unsicher.

»Er lebt garantiert vollkommen anders als ich. Wahrscheinlich hat er Hobbys, ein Privatleben. Dass ich Steinchen an sein Fenster schmeiße, hat ihm gerade noch gefehlt. ›Wenn Menschen sich in die Liebe verlieben, stürzen sie sich in den Abgrund.‹ Das habe ich mal gelesen.«

»Ja und?«, sagt sie.

»Schon gut. Ich bin jung, die Welt ist riesengroß, er ist auch nur ein Mensch. Ich werde ihn vergessen.«

»Esther, man verliebt sich in einen ganz bestimmten Menschen. Dass es dir passiert ist, ist nicht neurotisch. Ich glaube, die Bücherregale von uns beiden bezeugen, dass es ein gut dokumentiertes Phänomen ist.«

»Der Gedanke ist ja auch sehr hübsch, aber ich finde, dass unsere Bücher das keineswegs bezeugen. In keinster Weise«, sage ich. »Du willst mir die Idee schmackhaft machen, aber es ist eine Anleitung zum Selbsthass. Ohne mich. Und überhaupt: Was, wenn ich dort ankomme und die Adresse wäre ein ... Dunkin' Donuts. Was dann?«

»Gäb's erst mal einen dämlichen Donut zu futtern«, sagen wir beide unisono.

Donna reibt sich übers Gesicht und schaut mich an.

»Wenn es so war, wie du mir erzählst, dann ist Hinfliegen das einzig Wahre, im Grunde hast du keine *Wahl.* War es so, wie du erzählst?«

Ich glaube, ja. Keine Ahnung. Sie entlässt mich nicht aus ihrem Blick, und ich versuche mich an einem Achselzucken.

»Eigentlich gibt es doch gar kein Problem«, sagt sie. »Was erzählst du mir *nicht?*«

»Ich bin ein offenes Buch«, sage ich und schaue weg. Das ist ein altes Ritual bei uns.

»Ja, ja, ein Buch von der dämlichen Jean Rhys.«

»Wohl kaum«, sage ich. Ich rede zum Fenster hinaus, in den trüben Sonnenuntergang hinein, und spüre plötzlich alle diese krampfigen Ängste im Bauch. »Ich habe gemerkt, dass das, was ich empfand, neu war. Du weißt, was ich von Religion halte, aber als ich in seine Augen geschaut habe, habe ich mich gefühlt, als könnte ich mit bloßen Händen eine Kathedrale erbauen. Doch dann fängt er an, mir von all seinen Ex-Freundinnen und den Mädchen zu erzählen, mit denen er rummacht. Es klingt, als wedele er mit seinem Schwanz wie mit einem Plastikschwert. Was er von mir aus ja ruhig kann, ich weiß, dass das unwichtig ist, aber der Subtext war: *Glaub nicht, dass du was Besonderes bist.* Die Einzelheiten erspare ich dir. Du weißt, wie ich dann bin. Du kennst mich.«

Schön ist ihr Gesichtsausdruck jetzt nicht, denn sie kennt mich wirklich.

»Die Welt ist nicht mein Spielplatz«, sage ich.

»Nein, Esther, und Gott sei Dank ist sie das nicht. Glaubst du, ich meine es nicht ernst? Ich meine es todernst. Ruf ihn an. So was passiert nicht jeden Tag.«

Das ist mir natürlich klar. Aber ich werde keinen selbstzerstörerischen Anruf machen. Ich stehe auf und führe ihn vor: »Hallo, ist da Newton? Hallo. Hi! Esther. *Esther*. Esther aus Manchester? Ja. Oh, ganz gut ... tippe so vor mich hin, ach, weißt du, Papier ist geduldig ... *Vergebens habe ich gerungen ...*«

»Vergiss es«, lacht Donna und zwinkert mir zu. »Du musst sagen ›It's party time. Esther kommt in die Stadt!‹ Schüchterne Leute machen sich immer gegenseitig konfus. Er hätte nicht so geredet, wenn er es nicht meinte. Warum hätte er so reden sollen?«

»Hör zu, Donna«, sage ich. Und während ich ihr erzähle, um was es geht, betrachte ich meine Hände und spüre, wie mein Gesicht sich verzerrt und brennt und hässlich wird. »Er hat so geredet, weil er merkte, was mit mir ist. Ich *stinke* nach Einsamkeit.« Eine Sekunde lang schaue ich hoch. »Ich weiß es. Ich trete in einen Raum, und die Atmosphäre erstarrt. Die Leute begegnen meinem Blick, und es schaudert sie. Es schaudert mich ja selbst. Das hat Newton vermutlich gemerkt, er hat gemerkt, dass ich, ganz einerlei, was er sagte, mich darauf stürzen würde wie ein Piranha, und das habe ich ja auch getan, wirklich.«

Ich sage es mit Nachdruck und lache aus irgendeinem

Grunde. Dann kann ich nicht weiterreden. Erst mal muss ich den Mund auf meinen Handrücken pressen und die Zähne fest zusammenbeißen.

Ich zwinge mich, tief durchzuatmen, und fahre fort: »Einsamkeit ist der schlimmste Grund zum Handeln, und am allerwenigsten sollte man sich selbst bei jemandem abladen, und ich fühle mich so einsam, dass ich nur losheulen will. So, bitte schön.«

Sie lehnt sich in ihrem Stuhl zurück, betrachtet mich, dann ihren Unterarm und kratzt sich dort. Dann beobachten wir beide durchs Fenster, wie der gebeugte alte Mann aus dem Haus gegenüber kommt, eine Plastiktüte voll Abfall in seine Mülltonne wirft, in sein rotes Auto steigt und davonfährt.

»Weißt du noch?«, sagt Donna, nimmt ihre Halbbrille ab und wischt sie an ihrer Strickjacke sauber. »Wie ich, als ich vierzehn war, immer *Das Geheul* mit mir rumgeschleppt habe? Egal, wo ich hinging. Die zerfledderte alte gebundene Ausgabe, die mein ...«

»Was?« Ich hebe die Hände.

»Wie, was?«, grinst sie und reißt die Augen auf.

»Ist das ein Gespräch oder ein Assoziationsspiel?« Ich stehe auf. »Mein Gott.«

Donna verdreht die Augen nach oben. »Herrje«, sagt sie, »jetzt habe ich mich verbal in eine Sackgasse verrannt.«

Sie nimmt den Blick nicht von mir. Ich nicke vor mich

hin, ziehe die Luft durch die Zähne und schaue weiter aus dem Fenster.

»Und bist mit einem Sprung hinter einer Ligusterhecke verschwunden ...«

Sie nimmt die grandiose Schneekugel vom Fenstersims und schüttelt sie.

9

Als ich versuche, wirklich zum Kern meiner Gefühle zu »schweben«, gelingt es mir nicht. Diese Dinge folgen keinem Naturgesetz, und wenn ich still liege und loslasse, kämpfe ich mich nur in diesem Schwebezustand ab, durch schlaflose Nächte, in denen es leicht ist, mein Herz zum dumpfen Schlagen und mich ins Schwitzen zu bringen, und in denen es nichts gibt, gegen das ich treten kann, nur eine unendliche Dunkelheit, in der ich mir wer weiß was zurechtfantasiere.

Letzte Woche klopfte Donna eines Morgens, bevor sie zur Arbeit ging, an meine Tür und sagte:

»Aufstehen, ein neuer Tag bricht an, Raskolnikow.«

Ich blieb mit dem Gesicht zur Wand liegen, kuschelte mich fester ein und knurrte. Weil die Tür nicht abgeschlossen war, kam Donna mit einer Tasse Tee für mich herein. Ich schob meinen nackten Po unter der Bettdecke hervor.

»Ja, Herr Kommissar, das Gesicht kenne ich«, sagte sie und lachte den ganzen Weg zur Wohnungstür.

Heute war nicht so gut. Als sie »Morgen, Marcel« sagte

und hereinkam, saß ich, schon halb betrunken, in meine Bettdecke gewickelt auf dem Boden. Sie starrte mich an, also starrte ich zurück.

Dann senkte ich den Blick. Sie nahm die Flasche vom Nachttisch und leerte sie über meinem Kopf. Der Gin brannte mir in den Augen, stank und klebte, aber ich stand endlos lange nicht auf, um ihn abzuwaschen. Im Gegenteil, ich lehnte mich zurück, schloss die Augen und genoss es beinahe, wie eine übel riechende Ophelia dazuliegen. Ich muss deshalb so übertreiben, weil meine Gefühle so kompliziert sind.

Gestern Abend war Donna weg, also konnte ich sie nicht nerven. Ich hatte keine Lust, zu lesen oder zu schreiben. Mein Kopf ging seine eigenen Wege, und irgendwann nach drei knipste ich den Fernseher am Fußende meines Bettes an. Drehte die Lautstärke ganz runter und dämpfte die Farben zu einem verschwommenen Schimmern; es war mein kleines schmuddeliges Fenster zur Welt. Irgendwo, wo es immer kalt ist, war etwas passiert: Ich sah erregte Augenzeugen, die die Köpfe schüttelten und mit ihren behandschuhten Händen herumfuchtelten; das Haar flog ihnen ins Gesicht; hinter ihnen wüteten Brände. Als ich mit dem ausgestreckten großen Zeh auf einen anderen Sender umschaltete, kam ich zu einer Gameshow. Ein aufgedonnertes Mädchen drehte klackende leuchtende Buchstabenklötze um, mit denen bekannte Redensarten gebildet werden sollten. Ich las aus den halb enthüllten Sätzen immer den falschen Sinn, doch wenn ich nur einmal blinzelte, waren sie fort. Ich bemühte mich sehr, dem Ganzen zu folgen, doch wenn der Bildschirm nach einer Werbepause einen Moment lang leer wurde, war mein Zimmer still und dunkel, und wenn ich dann hinüberschaute, wo der Mond in dem leeren Spiegel glänzte, geriet ich wirklich in Panik. Zum Schluss stand ich auf und setzte mich neben die Lautsprecher, hörte mit Kopfhörern ein paar Platten und trank vor mich hin. Dass Donna nach Hause kam, hörte ich gar nicht.

Als sie heute gegangen ist, habe ich vom Fenster aus zugesehen, wie sie losfuhr. An den rosa Zweigen vor den Scheiben zuckten die Blätter; die Blüten zitterten, und mit zunehmendem Wind zerstreuten sich die weißen Blütenblätter und jagten davon; sie stoben unsere Straße entlang, blieben an den schmutzigen Autodächern und Laternenpfählen kleben, gesellten sich zu den Schokoladen- und Frittenpapieren auf dem verdreckten Bürgersteig.

Ich badete und ging hinaus. Auf halbem Weg in die Stadt wurde mir speiübel. Mein Haar war klatschnass, kalter Schweiß tropfte mir über Hals und Rücken, ich schwitzte und fror gleichzeitig. Dann erbrach ich mich an einer Wand hinter einem Büro, auf einen Haufen babyblauer, mit Schleifen zugeknoteter Plastiksäcke, aus denen geschreddertes Papier auf einen schon dunkel gefleckten Bürgersteig quoll. Ich beugte mich vor, hielt mein Haar zurück und spuckte alles aus. Allzu gut fühlte ich mich dabei nicht. Nachdem ich mir den Mund an meinem Anorakärmel abgewischt hatte, ging ich hinter die Kathedrale und legte mich dort auf eine Bank. Mein Herz schlug heftig, ich zitterte. Ungefähr eine Stunde stierte ich hoch in den fahlen Himmel, dann fingen die Filme an, und ich verbrachte den Rest der Stunden, solange noch Tageslicht herrschte, im Multiplex-Kino: halb hingesunken, die Armlehnen hochgestellt, konzentrierte ich mich sehr und versuchte nach Kräften, mich mitreißen zu lassen.

Jetzt ist es spät, Donna ist zur Probe, und ich brauche was zum Einschlafen. Ich gehe zum Eckladen und kaufe mir eine Flasche Gin. Ich fülle Eis in ein Glas und nehme es mit. Wieder zu Hause, lege ich mich angezogen ins Bett. In der letzten Woche habe ich einen der Kartons geöffnet. Ich hatte Lust, die Bücher, die ich als Kind gemocht habe, noch einmal zu lesen, Geschichten, die ich in- und auswendig kenne: *Anne auf Green Gables*, *Sturmhöhe*, *Frankenstein*. Ich warf mich auf dem Bett hin und her, las und versuchte, mit dem alten Geruch auf dem Kissen neben meinem Kopf nüchtern einzuschlafen.

Heute Abend fällt mir *Moby Dick* in die Hände. Donna hat es in der Anfangsphase unserer maritimen Manie wegen Billy Rocker ausgeliehen. Ich schlage die letzte Seite auf, weil ihr Lesezeichen noch drin steckt, eine von ihren Postkarten, eine Fotomontage von Manchesters städtebaulichem Erbe: Rathaus, das verrußte Portal der Bibliothek, ein flaches graubraunes Flughafenterminal. HIER SEYN

UNGEHEUER hat sie darauf geschrieben. Mehr nicht. Ich stelle die Karte auf den Nachttisch und lese in dem Buch. Donna hat Folgendes dick und rot unterstrichen:

»Das Drama ist aus. Warum tritt dann noch jemand auf? Einer hat den Schiffbruch überlebt.«

Weiter unten habe ich mit einem blauen Kästchen umrandet:

»... auf der Suche nach ihren verlorenen Kindern nur eine andere Waise fand.«

Die Karte ist nach Lissabon adressiert. Irgendwann hat Billy Rocker im letzten Jahr dort auf der Halbinsel Stunk gemacht, wenn ich mich recht erinnere. Seit kurzem vernachlässigt er Donna. Wo er jetzt wohl ist? Ich öffne das Fenster und trinke mein Glas aus, während die Kälte hereinströmt. Als ich das leere Glas wie ein Fernrohr ans Auge halte, sehe ich blutende Sterne durch die schmelzenden Eiswürfel.

Da heute – Sonntag – Donnas einziger freier Tag auf längere Sicht ist, gehe ich früh hinaus, an der Post vorbei in den Eckladen und kaufe ein paar Zeitungen. Ich schüttle die Beilagen heraus, lasse überhaupt die meisten Teile auf unserer Türschwelle liegen, damit sich die Nachbarn darum streiten können. Das Material brauchen wir in unserer Wohnung nicht.

Donna geht gerade ins Badezimmer, als ich zurückkomme. Sie flimmert in ihrem wie Mondlicht glänzenden

Seidenschlafanzug durch den Flur. Ihr Haar sieht grauenhaft aus, und ihr Gesicht ist völlig zerstört.

»Was habe ich dir gesagt zum Laster des Trinkens?«, sage ich.

Sie ist verwirrt. Sie sagt: »Laster. Alkohol« und streckt beide Daumen hoch: Du hast ja recht. Ihre Lider flattern.

Nachdem sie geduscht hat, kommt sie in die Küche und lässt sich zu einem gemütlichen Beisammensein mit Tee und Toast nieder.

Wir lesen. Unsere Finger färben sich mit Druckerschwärze, bald sind in Donnas frisch gewaschenem Gesicht überall schwarze Fingerabdrücke, weil sie den Kopf immer in die Hände stützt. Sogar an ihrem Haaransatz sieht man Druckerschwärze. Ich löse gerade das Kreuzworträtsel, als sie die Seite, die sie liest, zu mir herumdreht, und, ach du liebe Güte, da ist meine Mutter. Ein riesiges Foto. In einem Artikel über zweite Ehen.

»Herr im Himmel, was denkt sie sich?«, sage ich.

Das weiß Donna auch nicht und dreht die Seite lachend wieder um.

»Die Frau ist einfach dämlich«, sage ich.

Wir lesen weiter. Ich sehe die ganze Zeit das Gesicht meiner Mutter vor mir.

Als mein Telefon dann prompt anfängt zu piepen, sage ich Donna, wer es garantiert ist, und als ich ihr die Nummer mit der Vorwahl von Liverpool auf dem Display zeige, verdreht sie die Augen. Ich vergesse immer, dass er existiert, doch beim Anblick der Nummer befällt mich das gleiche widerwillige Gefühl wie damals, wenn sich samstagmorgens sein massiger Körper vor unserer alten Milchglastür bewegte, oder später, wenn er in unserer Straße, einer Sackgasse, ungeduldig auf die Hupe drückte.

»Hallo, hier spricht dein Vater«, sagt er und fragt, was ich eigentlich so mache.

»Nicht viel. Tippe so vor mich hin«, sage ich.

»Oh, hm. Hast du deinen Bruder mal gesehen?«

»Nein.«

»Wo wohnt er?«

»Um ehrlich zu sein – ich weiß es nicht.«

»Wie war noch das Wort, das du benutzt hast?«

»Entfremdet. Ja, wir sind einander immer noch entfremdet. Er ist weiterhin fremd.«

»Warum bist du so gereizt?«, sagt er. »Hat dich wieder jemand abserviert?« Er lacht, dann klingt er, als wolle er auf Wiederhören sagen. »Hm«, sagt er, »ich wollte eigentlich nur mal schnell wissen, wie es dir geht.«

Dann: »Ach, hast du deine Mutter heute in der Zeitung gesehen?«

»Ja.«

»Das war komisch. Ich habe die Zeitung – mit der aufgeschlagenen Seite! – den ganzen Morgen auf dem Wohnzimmerfußboden liegen gehabt und sie nicht erkannt. Ich dachte nur, das Foto passt wie die Faust aufs Auge zu dem Artikel: eine Frau mit einem Ausdruck von *leichter Unsi-*

cherheit. Ich dachte auch, die Frau hat einen unnatürlich langen Hals. Dann hat dein Onkel Ernest angerufen und gefragt, ob ich heute den *Observer* gesehen hätte, und ich habe ja gesagt, aber immer noch auf der Leitung gestanden. Ernest kam um die Mittagszeit vorbei und hat es mir gezeigt, und ich dachte: Na und? Denn mein erster Gedanke war schlicht und ergreifend: Warum hat die Frau so einen langen Hals? – Ob ihr Freund das arrangiert hat? Kennt er Leute bei der Presse?«

»Ihr Mann. Nein. Ich glaube, sie haben Leute per Anzeige gesucht ...«

»Warum ist das Foto so groß?«, sagt er.

»So groß ist es doch gar nicht.«

»Sie hat sich einen Einheitslook zugelegt. Bekloppt, findest du nicht? Jetzt ist sie blond, wie alle Frauen, so was Dämliches.«

»Nein, sie ist grau geworden. Das Foto ist schwarzweiß.«

»Ach so. Dann muss ich es noch mal anschauen. Die Zeitung ist im Bad. Nur der Hals, der sieht wirklich komisch aus.«

»Eigentlich nicht«, sage ich. Und denke die ganze Zeit: Dad, lass es!

»Wie bei einer Karikatur.«

»Gut.«

»Ich meine ja nur, es ist so ein dämlich komisches Foto.«

Ich erwidere nichts. Ich halte das Telefon so, dass

Donna mithören kann. Wir schauen uns gegenseitig vielsagend an.

»Der Hals sieht doch aus wie ein *Gänse*hals«, sagt er.

»Nein, tut er nicht.«

Schweigen.

»So wirst *du* auch mal«, sagt er. Seine Stimme wird hoch.

Ich werfe Donna einen genervten Blick zu, sie schüttelt den Kopf und betrachtet ihre Hände.

»Okay«, sage ich.

Da lacht er nicht.

»Sie sind doch immer wieder für eine Enttäuschung gut, oder?«, sagt Donna, nachdem mein Vater und ich uns voneinander verabschiedet haben. Ich weiß nicht, was ich sagen soll. Wenigstens ist mein Vater nicht mehr so schlimm wie früher. Als mein Bruder und ich noch sehr klein waren, waren wir an einem Wochenende mal allein mit ihm in dem alten Haus, und er drehte den Fernseher ab, setzte sich hin und erzählte uns ganz ernst, dass er einen Job in Australien gefunden hätte. Was nicht stimmte. Er wollte sehen, ob wir mit ihm gehen würden. Wollten wir nicht. Ungefähr ein Jahr nachdem ich von zu Hause ausgezogen war, spürte er mich auf und tat so, als hätte er Krebs, damit ich ihn zurückrief. Am bizarrsten allerdings war, dass er, als ich dreizehn war und ihn samstags nicht mehr besuchte, anrief und mir sagte, er wisse, dass meine Mutter mich von ihm fernhalte. Ich weiß noch, wie er sagte: »Deine Mutter wirft mir nämlich sexuellen Missbrauch vor.« Und ich sagte: »Sexuellen?« Ich höre mich das noch heute sagen. Ich saß auf der Treppe. Meine Mutter hinderte mich nicht daran, ich selbst hatte beschlossen, nicht mehr zu ihm zu gehen. Ich wollte lieber mit Donna rumhängen. Aber ich kriegte einen meiner phänomenalen Wutanfälle. Ich schloss mich im Badezimmer ein, setzte mich unter das Waschbecken und versuchte, die Augen in die Armbeuge gedrückt, mich auf das Geräusch des fließenden Wassers zu konzentrieren. Das Blut schoss mir ins Gesicht, meine Mutter klopfte an die Tür, und mein Bruder schrie, sie solle sich doch, verdammte Scheiße, nicht drum kümmern. Donna hatte solche Probleme nie. In der Hinsicht hatte sie Glück. Nein, das sollte ich wirklich nicht sagen.

Heute machen wir uns einen schönen Vormittag, lesen die Zeitungen in aller Ruhe durch, kauen an unseren Stiften und trinken Tee. Zum Schluss sehen alle Artikel aus wie unsere Bücher: Spalten mit Unterstreichungen in jeder Zeile; an den Rändern entlang taumeln Kritzelsterne und Fragezeichen.

10

Heute habe ich eine Seite von unserem Kalender in der Küche abgerissen und beschlossen, es wird Zeit, dass ich mich vom Krankenbett erhebe, die Hosen hochkremple und einen neuen Sommer der Alkoholexzesse beginne. Ich muss mal wieder ein paar Stunden einschieben, in denen ich mein – wie auch immer beschaffenes – Aussehen auf angenehme Weise ruiniere. Nachdem ich gebadet habe, zwinkere ich mir im Spiegel zu.

Ich ziehe mein Präriekleid über die Jeans an, dazu Donnas Converse, flechte mein Haar, stecke es hoch und einen Kugelschreiber hinein. Auf dem Weg in die Stadt mache ich nach langer Zeit mal wieder Folgendes: Ich atme immer flacher und schneller, bis es sich anfühlt, als ob die Luft – die nach Hopfen von der nahen Brauerei und Diesel von einem an der Kreuzung vor sich hin stinkenden Bus riecht – ganz von selbst eingesaugt würde. Auf einen Schlag lasse ich die Schultern fallen, schüttle sie ein bisschen hin und her und bleibe stehen. Dann hüpfe ich den Bordstein auf und ab und nehme ein paar Züge von meiner unsichtbaren Zigarette. Eine Schar Tauben wirft Schatten über die Eisenbahnbrücke. Ein Baufirmenschild aus Kunststoff, zwischen die Fenster an ein früheres Restaurant genagelt, hat sich an zwei Ecken losgerissen und flappt, und man sieht einen unbeleuchteten Neonschriftzug, *Monsoon Nights*. Als ich mich bücke, um mir an einem Schuh die Schnürsenkel zuzubinden, die durch alte Pfützen geschleift sind, sehe ich, wie sich die untergehende Sonne in den Härchen meiner Knöchel fängt.

Samstagabend in der Bar, und Donna kümmert sich wie üblich um die Unverstandenen. Der Junge, der an der Tür das Geld kassiert, scheint zu schlafen. Er sitzt vornübergebeugt, die Stirn an die Kasse gelehnt, sein Gesicht kann ich nicht sehen. Die Stammbesatzung dieses Geisterschiffs ist vollzählig angetreten. Viele Leute – Männer – sitzen allein, ein Tisch weiter hinten ist voll besetzt; sechs Großmäuler schütteln die Köpfe und brüllen durcheinander.

Auch Barbara Ann arbeitet heute – sie ist das Mädchen, das ich an dem Abend, als ich Newton kennenlernte, zum ersten Mal hier mit Mary gesehen habe. Jetzt hat sie blonde Strähnen im Haar. Da kein Gast bedient werden will, tanzt sie neben dem Flaschencontainer den Wa-Watusi. Als ich mich über den Tresen beuge, um Donna meine Tasche zu geben, quatscht einer dieser ewigen Mitleidhascher auf dem übernächsten Barhocker los. Bei diesem Typen ist wirklich alles ziemlich trostlos und melodramatisch. Auch wenn er nur die falsche Zahnpasta gekauft hätte, würde er mir garantiert eine halbe Stunde lang was vorjammern. Jetzt erzählt er mir:

»Ich hab 'ne Flasche Whisky zu Hause. Warum, meinst du, latsche ich um halb elf in die Stadt?«

Donna beugt sich über den Tresen, legt den Kopf zur Seite und sagt: »Warum erzählst du es uns nicht?«

»Weil ich einsam und selbst schuld daran bin.«

Sie gießt ihm noch einmal ein und holt mir einen Gin. Er *ist* einsam. Die eine Seite seines Gesichts ist von den Lichtern ganz plüschig und rosig, die andere in stählerne Schatten getaucht. Meins sieht garantiert genauso aus.

Er legt den Kopf auf den Tresen.

»Sein Problem ist, dass er sich für die Reinkarnation Frank Sinatras hält«, sage ich. Donna steckt die Daumen in die Gürtelschlaufen ihrer Jeans und nickt bedächtig.

»Frank Sinatra, was für ein begnadetes Arschloch«, sagt sie und fängt an, den Tresen mit einem gammeligen grauen Lappen abzuwischen. Ich beobachte, wie er sich hin und her und im Kreis bewegt. Der Ventilator funktioniert nicht, und es ist grauenhaft heiß und stickig.

»Meine Augen schwitzen«, sage ich.

»Oh. Ein guter Songtitel. Muss ich aufschreiben. Gib mir deinen Stift, gib schon her.«

»Nützt es noch was, dir zu sagen, dass Sarkasmus dir nicht steht, Donna?«

Ich fläze mich über den Tresen und stöhne.

»Was kann ich tun?«, sagt Donna. »Sag mir, was ich tun soll, und ich tue es.«

Ich hebe den Blick, halte aber den Kopf gesenkt und sage: »Nein. Mir geht es gut. Es gibt Schlimmeres auf der Welt. Apropos – wir geht's deinem Brieffreund?«

Da funkeln ihre Augen. »Soll ich dir den letzten Brief vorlesen?«

Ich setze mich wieder hin. Ja.

»Ich muss dir auch noch was anderes zeigen«, sagt sie und verschwindet unter dem Tresen.

Ich stemme mich hoch und sehe, wie sie dorthin kriecht, wo die Kisten mit den Dosen gestapelt sind. Ihre Füße zucken, und dann taucht sie wieder auf mit rotem Gesicht, verkratztem Arm und der dicken grünen Pappmappe, in der sie die ganze Post aufbewahrt. Sie blättert die Rechnungen und Briefe mit Versprechungen auf die unglaublichsten Gewinne durch und sagt dann: »Hier ist sie: ›Liebe und Unrat‹ von der schottischen Amazone.«

Sie gibt mir eine selbst gebastelte Karte. Eine kunstvolle Collage aus Bildausschnitten: der Eiffelturm wird von seltsamen Blumen erdrosselt. Auf der Rückseite steht nur: M. *x*.

Als ich Mary das letzte Mal gesehen habe, lag ein Stoß verschiedenfarbiger Umschläge auf ihrem Küchentisch, die an ihr letztes halbes Dutzend Lover adressiert waren. Ich fragte nicht, was darin steckte, doch sie lächelte sehr selbstzufrieden in sich hinein, als sie sie mitnahm, um sie auf dem Weg zum Flughafen einzuwerfen. Donna räuspert sich. Sie schiebt sich den feuchten Pony aus dem Gesicht und wischt sich die Schuhe – meine Schuhe – hinten an den Beinen ihrer Jeans ab. Erst den linken, dann den rechten. Das Bündel dicker cremefarbener Papierblätter, das sie in der Hand hält, ist mit Rändern von unzähligen Gläsern gestempelt. Billy Rocker ist in Japan.

Sie liest vor, was er geschrieben hat:

»Liebste Donna,

die Seefahrt ist ein einsames Geschäft. Gestern Nacht habe ich an dich gedacht und bin auf dem Achterdeck in eine endlos lange Träumerei gefallen. Ach, wie sehr wünschte ich mir, ich hätte dich in meinem Seesack mitgenommen. Der Himmel ist klar. Das Meer sieht aus wie das Meer auf den Tellern deiner Großmutter. Hier gibt es nicht viel zu tun, außer schuldbewusst auszusehen, und die Antwort auf jede Frage lautet: »Natürlich habe ich das. Ich bin Seemann …« Schweigen wir lieber dazu. Ich habe selbst ein paar Fragen: Manchmal stelle ich sie dem Nachthimmel. Vielleicht sollte ich sie lieber dir stellen. Ich habe den Verdacht, deine Antworten hätten mehr Substanz. Auf jeden Fall aber weiß ich, dass du unbedingt die neuesten Abenteuer des kleinen Strolchs Marmite hören möchtest, des Schiffskaters. Also …«

Und so weiter.

Donna grinst ihr Schiefzahn-Lächeln und faltet den Brief wieder zusammen.

»Ach, ist Billy Rocker nicht spitze?«

»Ja«, sage ich. »Da können wir doch nur mit Gilbert und Sullivan singen: ›A British tar is a soaring soul / As free as a mountain bird‹.«

Sie ist eine richtig vernarrte Gans, aber mit Recht. Tolles Material. Doch während ihre Augen funkeln, spüre ich, was mein Gesicht macht. Ich lächle, klopfe aber dann mit den Fingern an mein Glas und beiße mir auf die Unterlippe. Eine Georgie-Fame-Platte spielt, Barbara Ann schließt die Augen und dreht sich langsam auf der Stelle. Ich schaue zu dem schlafenden Jungen an der Tür.

»Hmmm«, sagt Donna. »Dean. Sehr rätselhaft.«

»Meinst du, er ist rätselhaft, oder meinst du, er hat einen langen Pony?«, sage ich.

»Stimmt, er hat einen langen Pony«, sagt sie. »Und wahrscheinlich Buttons von Bands am Schlafanzug. Er ist erst achtzehn.«

Aha. Ich trinke meinen Gin aus und lege den Kopf auf meine abgewinkelten Arme, die auf dem Tresen wie gekappte Flügel aussehen. Meine Lippen berühren die klebrigen Marmorkacheln. Ich kriege in der drückenden Hitze trübe Visionen, dann merke ich, dass sich jemand neben mich gesetzt hat. Durch meine geschlossenen Lider dringt plötzliche Helligkeit, als ein Streichholz angezündet wird.

Als ich aufblicke, sehe ich die Bar kurze Zeit verschwommen. Mein alter Freund Joey sitzt neben mir. Ich habe ihn lange nicht gesehen. Er klammert sich an den Tresen und zieht an seiner Zigarette, sein Gesicht ist genauso verknittert wie sein Tischtuchhemd. Er sagt: Alles okay, Esther, und grinst; sein Blick ist freundlich, und sein Kinn sticht hervor. Ich schenke ihm ein müdes Lächeln.

»Wie geht's denn so?«, sagt er.

»Ach weißt du«, sage ich.

»Ja, ich auch«, sagt er, und wir versuchen beide, eine melancholische Miene aufzusetzen.

Er greift sich mit beiden Händen an den Kopf, sagt: »Arrrgh!«, und ich lache ihn fröhlich an.

Wir lassen noch was zu trinken kommen. Er nimmt aus dem Aschenbecher, den er benutzt, eine zerfetzte Zitronenscheibe und hält sie an einer Faser des Fruchtfleischs hoch. Dann schwingt er den Halbmond aus zugeaschtem Fruchtfleisch und Schale zwischen uns, und der dreht sich über uns wie ein Mobile über einem Kinderbett. Wir schauen beide hin. Es blitzt. Donna hat ein Foto gemacht.

Eine Weile lang unterhalten wir uns, dann erhebt Joey sich.

»Ich geh noch in der Straße weiter oben was trinken, wenn du Lust hast … Hier drin spüre ich förmlich, wie meine Seele vom Tabak verseucht wird.«

»Ja, vielleicht komme ich gleich nach«, sage ich.

Bevor er geht, empfiehlt er mir noch eine Platte. Er

nimmt den Stift aus meinem Pferdeschwanz und schreibt den Titel auf meinen Arm. Ich lese die fremde Handschrift, als ich nach unten gehe: CHORE OF ENCHANTMENT. Die dünnen Buchstaben, einer jeweils größer als der vorhergehende, sind weit auseinandergezogen.

Das Klo ist leer. Als ich die Wasserhähne aufdrehe, fangen die Rohre an, wiehernde Geräusche von sich zu geben. Ich setze mich in die mittlere Kabine, die Füße auf den Sitz und das Kinn auf die Knie gestützt. Die Musik von oben bebt durch meine Schuhe, ich lehne den Kopf an den Spülkasten. Ich empfinde alles überdeutlich – mein Blinzeln, mein Atmen, den Spülhebel an meiner Schläfe. Ich glaube, ich muss gar nicht fest dagegen drücken, und mein Schädel implodiert. Ob der Knochen darin überhaupt dicker ist als eine Eierschale? Habe ich nicht irgendwo was darüber gelesen?

Übrigens blase ich nicht Trübsal wegen Newton. Das ist erledigt, Ehrenwort. Wenn ich ihn wahrscheinlich auch gut zum Dauerbrenner machen könnte. Die Art von Alkoholikerin könnte ich werden: eine ewig todunglückliche Quasselstrippe. Es gibt natürlich auch die stummen Trinker, deren Gefühle verdorrt sind und deren Wut sich verflüchtigt hat. Sie gehören zu denen, die am Ende der Nacht Haifischaugen kriegen, die, einerlei, wie freundlich sie sich gebärden, alles aus solchen ausgestanzten, leeren Höhlen beäugen. Ein paar dieser Typen sind heute Nacht oben.

Ich weiß nicht, warum, doch ich plage mich mit der

Vorstellung, dass Newton und ich beide nachts zur Geisterstunde wach und eifrig dabei sind, leere Flaschen in die Mülltonne zu bringen und unsere autistischen Fantasien von der wahren Liebe zu entsorgen. Vielleicht stimmt es. Vielleicht lässt er unser Techtelmechtel sang- und klanglos in der Vergangenheit verschwinden. Ich jedenfalls will mich rasch davon befreien. Dann ist es nicht mehr in mir. Eine einfache Gleichung. Ich möchte das Brechmittel weiter in mich hineinschlucken und dann ein bisschen bittere Flüssigkeit, ein bisschen glänzenden Sabber herauswürgen. Das werde ich Donna erzählen. Ich betrachte meine überlangen Fingernägel. Sie drücken sich scharf und hart in den Stift, den ich aus meinem Pferdeschwanz gezogen habe. Wie wär's mit dem Jungen oben? *Esther nimmt sich einen Lover*. Revolutionär! Ich höre Schritte. Ich rufe:

»Gibt es Papier da?«

Donna schiebt mir mein Notizbuch unter der Tür durch.

Ich spucke mir auf die Finger und wische mir die verschmierte Mascara weg. Mein Haar ist strähnig und wild durcheinander, mein Gesicht immer noch fleckig. Aber in der Dunkelheit oben sieht es ohnehin niemand.

Barbara Ann räumt auf, sie stellt sich auf die Zehenspitzen, um die leeren Dosen von der Musikbox herunterzuschieben. Der Junge an der Tür hat sich nicht vom Fleck gerührt. Er schläft immer noch auf dem Barhocker neben der Kasse: die Arme zwischen den Beinen, mit hängenden Schultern und hängendem Kopf, wie eine in sich zusammengesackte Marionette.

»Noch mal dasselbe für mich, Donna, und ein Glas Milch für Bubi.« Ich deute mit dem Kopf auf ihn. Ihr Mund zuckt.

»Ich mache ihm einen starken Kaffee«, sagt sie, »aber okay.«

Ich stelle Dean den Becher hin und räuspere mich; er hebt den Kopf und blinzelt mich an. Ich stelle mich vor, doch er weiß, wie ich heiße. Er gibt mir die Hand und schüttelt den Kopf, um wach zu werden.

Donna schickt Barbara Ann früher nach Hause. Die grinst, als sie an uns vorbeigeht und den Reißverschluss ihres pinkfarbenen Anoraks hochzieht. Ich lächle, und Dean sagt: »Du siehst immer aus, als hättest du schlechte Laune, Esther. Dabei hast du ein tolles Lächeln.«

»Okay, schon gut«, erwidere ich und bedenke ihn mit dem entsprechenden Blick.

Er zeigt auf den Kaffee, den ich ihm hingestellt habe.

»Wenn ich davon zu viel trinke, kriege ich ein Gefühl, als würde ich im Dunkeln glühen«, sagt er und leert den Becher, ohne eine Miene zu verziehen, in einem Zug. Einen Moment lang sitzt er stocksteif da, spreizt dann beide Hände – wie Schneekristalle – und betrachtet sie kritisch. »Hör mal, Esther«, sagt er, »findest du, dass ich komisch aussehe?«

Er *sieht* komisch aus, aber nicht aus dem Grund, den er vermutet. Es liegt an seinem dicht fallenden blonden Pony über seinen ernsten Augen und an seinem kleinen Halbmondlächeln unter der großen Stupsnase. Er sieht blutjung aus. Er sagt, er ist neu in der Stadt und schläft bei Leuten auf der Couch.

»Gut, ich habe keine Couch«, sage ich.

Nachdem Donna abgeschlossen und den Türsteher bezahlt hat, gehen wir drei hinaus und warten auf zwei Taxis. Über den niedrigen Wolken ist der Himmel metallisch blau. Wir zittern alle vor Kälte. Dean sitzt, den Anorakkragen hochgestellt, im Schneidersitz mit angezogenen Knien auf dem Wandvorsprung neben mir. Er trägt abgelatschte Schuhe mit Lochmuster und Flügelkappe, die er seine Hoboschuhe nennt. Ich stelle mir auf einmal vor, dass seine Füße nackt sind. Dass er mit nackten Füßen draußen sitzt.

Wenn ich ihn jetzt küssen würde, hätte ich wenigstens einen Grund, die Augen zuzumachen und alles andere auszublenden. Die Straßengeräusche von drei Uhr morgens in der kalten Luft um mich herum schwirren zu lassen und vielleicht nicht daran zu denken, was hier vorher passiert ist. Doch nein, ich steige mit Donna ins Taxi. Drinnen ist es bullenheiß. Im Radio laufen langsame Songs.

»Alles in Ordnung?«, fragt Donna.

»Ja, ja«, sage ich. »Ich bin müde. Morgen will ich mal ordentlich arbeiten.«

»Armer Dean«, sagt sie, »er ist auch so ein gitarrenverrückter Idiot.«

»Donna«, sage ich, »*du* bist eine gitarrenverrückte Idiotin.«

»Ich weiß«, sagt sie, und vielleicht lächelt sie aus dem Fenster.

»Aber ich kann ihn ja mal mitnehmen, wenn die Zeiten schlechter werden«, sage ich.

Donna holt Luft, als wollte sie antworten, doch sie sagt kein Wort.

Mary zu Ehren habe ich gestern einen Stoß früher Truffaut-Filme aus der Zentralbibliothek ausgeliehen. (Hoffentlich macht es ihr Spaß, in Paris an Schlüpfern zu schnüffeln.) Ich habe mir drei davon hintereinander angeschaut, dabei die ganze Zeit hektisch meine unsichtbaren Zigaretten geraucht und Zeug in mein Detektiv-Notizbuch geschrieben. Verstörend – wie viel Leben in den Filmen ist. Jedes Mal, wenn sie zu Ende waren und das Flimmern anfing, zog ich die Gardinen auf und schob die Fenster hoch, um den Verkehr zu beobachten und die kalte Luft einzuatmen. Ich bin im Übrigen zu dem hoffentlich verständlichen Schluss gekommen, dass mein Wunsch nach Gesellschaft völlig in Ordnung geht, und nach einem Anruf sitzt heute Abend Dean bei mir im Zimmer auf dem Fußboden, neben den Lautsprechern, und erzählt mir ein ums andere Mal, dass er *sturzbesoffen* ist. Doch er ist *jung*, er schaukelt in einem fort vor und zurück. Wir haben den ganzen Tag getrunken, und jetzt findet die Flasche das Glas nicht mehr. Als er sich vorhin im Spirituosenladen ausweisen musste, haben wir festgestellt, dass wir am gleichen Tag geboren sind, er zwei Jahre nach mir. Auf dem Rückweg hierher hat er sich die ganze Zeit das Gesicht gerieben und mich groß angeschaut.

»Esther«, sagte er, »findest du das seltsam?«

»Eigentlich nicht«, sagte ich, doch er konnte sich gar nicht beruhigen. Er schüttelte den Kopf und wunderte sich.

»Hmm …«, sagte er. Dann: »Esther, Zufall oder ein Komplott?«

»Reinheit oder die Leere?«, sagte ich und ging weiter vor ihm her.

Mit der Frage schlug er sich eine Weile herum. Ich habe ihn weder gefragt, wo er herkommt, noch kann ich seinen Akzent einordnen, doch er hat eine merkwürdige, angespannte Stimme, als sei sie falsch gestimmt. Sie vibriert, als zerquetsche er seine Wochenkarte in der Tasche und versuche, nicht mit dem Kiefer zu mahlen. Die ganze Zeit schnauft und stöhnt er und schüttelt seinen frisch gewaschenen Pony. Selbst sein Atmen klingt mühsam; dicke Lippen, Rotznase, jähzornig. Was mir durchaus gefällt. Wenigstens denkt er, bevor er spricht. Wenigstens bemüht er sich aufrichtig um Kommunikation. Besser das als die Leute, die eine Masche abziehen und permanent mit ihren Meinungen und Gefühlen um sich schmeißen, und die

Geiseln am Tisch lachen, und das Bedienungspersonal verdreht die Augen. Nein, ich würde sagen, Dean besitzt eine gewisse Ernsthaftigkeit, selbst wenn er am Halsausschnitt seines T-Shirts zuppelt oder gegen die Fußleiste tritt. Was er beides heute Abend reichlich getan hat.

Jetzt allerdings meint er aus unerfindlichen Gründen, er müsse draußen ein wenig allein herumlaufen. Mit einiger Mühe zieht er seinen Anorak an und fällt dabei zwei Mal hin. Er knickt immer in den Knien ein. Mir ist keineswegs wohl bei dem Gedanken, dass er zu dieser Zeit und in diesem Zustand in unserem dunklen Viertel herumläuft, aber einerlei, er poltert hinaus. Ich setze mich in die Küche und widme mich meinem Ouspensky. Donna liest die Russen und gibt sie an mich weiter. Unser Ziel ist immer noch, Manchesters nervigste Autodidakten zu werden. Dean kommt nach etwa einer Stunde wieder, und dazu bester Dinge. Als er vor mir durch den Flur geht, knallt er mit seinem schmalen Rücken gegen die Wände und erzählt mir, er habe sich vor dem Haus in die Büsche gelegt und nachgedacht. Auf seinem ausrasierten Nacken und hinten an seinem blauen Anorak kleben halb verrottete, welke Blätter.

Wir setzen uns wieder auf den Boden in meinem Zimmer, und ich umarme ihn ein bisschen. Mit der einen Hand streiche ich ihm über sein glatt anliegendes Haar, die andere ist, zwischen seinem Kopf und seiner Schulter gefangen, abgestorben und fängt an zu kribbeln. Ich küsse seinen heißen Kopf, während ich in Gedanken ganz woanders bin. Ich betrachte meine eingeschlafene Hand und schüttle sie heftig, damit ich sie wieder fühle. Als ich mich über ihn lege, um die Musik abzustellen, erstarrt er kurz und sagt dann, gedämpft von unter mir: »Ich höre zu.« Mit geschlossenen Augen schaut er so lange hoch, bis er »Nummer sechs« gesagt hat, und lässt seinen schweren Kopf zurückfallen. Okay. Ich befreie meine Arme und öffne die Knöpfe seines verkrumpelten blauen Hemdes und lege die Hände auf seinen Brustkorb, bei dem ich an eine Herzmuschel denken muss. Wir hören Nummer sechs.

Da auch Dean viel freie Zeit hat, hängen wir oft miteinander rum. Und so wahr mir Gott helfe – als ich mich heute Nachmittag mit ihm getroffen habe, hatte er einen Lutscher im Mund. Er stand vornübergebeugt vorm Odeon und saugte hingebungsvoll daran. Ich schmeckte den Lutscher, als wir uns – auch hier helfe mir Gott – in der letzten Reihe küssten: den ganzen Vanillezucker in den zerklüfteten Tälern seiner Zähne.

Nach dem Film gehen wir wie üblich einen trinken. Die Straßen verheddern sich, die ganze Stadt wirkt so betrunken wie wir. Wir landen in einem Pub in einer Seitenstraße der Dickinson Road, in dem Donna, James und ich manchmal waren. Ich halte mich immer an meinen Gin, doch Dean flippt zwischen dem Zapfhahn und den Flaschen hinter dem Tresen hin und her. Nun bestellt er sich ein Pint Bitter.

»Du segelst schnurstracks in die Katastrophe«, sage ich, »du steuerst auf einen Schiffbruch zu.«

»Aber Esther«, er schüttelt den Pony. »Glaub mir, ich habe ein System. Das ist todsicher.« Er klopft mir auf die Schulter und sagt: »Vertrau mir.«

Fünf alte Knaben sitzen auf den blanken Samtbänken im Nebenzimmer und machen Musik: Vier lassen die Gitarren auf den Oberschenkeln hüpfen und nicken mit geschlossenen Augen im Takt; der mit dem Waschbrett singt am lautesten. Als sie fertig sind, stellen alle Gäste ihre Gläser ab und klatschen. Dean klatscht besonders laut, und hoppla, da steht er auf, geht hin und fragt, ob er mitjammen kann. Klar, sagen alle, sie sind da ganz locker. Ein kleiner Mann mit rötlich braunem Pullover und grau meliertem Haar erhebt sich und geht zum Tresen, und Dean setzt sich und nimmt dessen Gitarre aus poliertem honigfarbenem Holz. Das schummrige Licht zaubert schimmernde, fließende Gebilde darauf, als Dean sie sich auf dem Knie zurechtrückt. Bevor er spielt, einen langsamen Zwölf-Takte-Blues, lächelt er alle an. Ich sehe, wie seine Hand über die Saiten gleitet. Dann fängt er an zu singen.

Seine Stimme ist dünn und knarzig.

»I've been arrested –«

Sein Blick ist zu Boden gerichtet, die Augenbrauen zusammengezogen.

»I've been arrested,
I know I've done something wrong.«

Die Zeilen wiederholt er reichlich oft, und die alten Knaben fallen ein. Jedes Mal, wenn ich meine, jetzt kommt was Neues, singt er die Zeilen noch mal. Ziemlich lustig. Der Mann am Waschbrett nickt mit geschlossenen Augen, und Dean beginnt, den Kopf von einer Seite zur anderen zu wiegen. Holt tief Luft. Und singt

»I've got Tourette's«

und dann

»I've got Tourette's
Fuck cunt fuck bugger fucking fucking slag motherfucking cunt.«

Er fällt vornüber auf die Gitarre und fängt an zu lachen. Sein Lachen ist stumm. Sein kleiner Mund dehnt sich, seine Augen kippen nach hinten. Auch seine Mitspieler lachen, Gott sei Dank. Ich nehme einen Zug von meiner unsichtbaren Zigarette und kaufe für Dean und mich noch was zu trinken: Gin für mich, einen Baileys für unseren lachenden Troubadour.

Angst kennt Dean nicht. Und ich will ihn immer küssen, wenn ich betrunken bin. Einsam wird's, wenn wir nüchtern sind. Dann ist mit ihm zu reden so wie Tennis spielen mit einem Schläger ohne Bespannung.

Neulich nachts sagte er zu mir: »Meinst du, wir kommunizieren vor allem dann, wenn wir nicht reden?« Schlimm fand er das nicht, nur bemerkenswert.

»In letzter Zeit rede ich einfach gern mit dem Spiegel oder meinem Bauchnabel«, erwiderte ich.

Nachdenklich schaute er in die Ferne. »Es ist gut, wenn man eine Beziehung zu seinem Körper hat«, sagte er.

Weil Dean eigentlich ein lauter Trinker ist, finde ich es komisch, dass er manchmal vollkommen erstarrt und sich ausklinkt. Als wir heute Abend zu Hause sind, sitzt er, als ich aus dem Badezimmer komme, zusammengekauert am Kühlschrank in unserer Küche; er vermeidet es, mich anzusehen, und atmet, als schlafe er schon. Ich schiebe einen seiner dünnen, ausgestreckten Arme beiseite, setze mich neben ihn auf den dreckigen Boden und sage seinen Namen. Keine Antwort. Wenn er mir wichtig wäre, würde ich mich bestimmt in der Luft zerreißen, um ein freundliches Wort oder einen Blick von ihm zu bekommen, wenigstens einen Händedruck. Aber er ist mir nicht wichtig. Seine Pupillen starren mich an, und ich seufze nur und starre auch vor mich hin.

In Donnas Zimmer läuft der Fernseher, ein alter Film: Man hört einen Pingpong-Dialog aus einer amerikanischen 40er-Jahre-Komödie. Auf die Stille, die einen Leinwandkuss anzeigt, warte ich vergeblich. Stattdessen kommt weiter Geplauder. Dann wechselt Donna den Sender, und es klingt wie die Nachrichten.

»Dean«, sage ich noch einmal.

Er reagiert nicht. Ich streiche ihm das Haar hinter die Ohren, aber es springt ihm sofort wieder in die Augen. Ich frage mich, wo er mit seinen Gedanken ist. Hört er auch dem Fernseher zu? Dann lauschen wir also beide den Meldungen. Beide reglos. Unwohl fühlen wir uns nicht, obwohl wir auf dem Boden ineinander verkeilt sind. Ich denke, wie schön es wäre, wenn man die Welt auf diese unordentliche, mondbeschienene Küche zusammenschrumpfen lassen könnte, auf uns beide, dass alles andere durch diesen Abfluss weggesogen würde.

Dean ist ein Leichtgewicht, doch als ich ihn schließlich unter den Achselhöhlen fasse, seine Haare dort sind wie Maisfasern, und in mein Zimmer schleife, fühlt er sich ganz schön schwer an. Die Füße in den Hoboschuhen schleifen über den Boden und holpern über die Türschwellen.

Am nächsten Morgen stützt er die Ellenbogen auf und schaut mich an. Wir liegen beide voll angekleidet auf meinem schmalen Bett. Er blinzelt durch seinen Pony und sagt:

»Entschuldige, Esther, wegen heute Nacht. Du hast noch Glück, dass ich nicht zu weinen angefangen habe; das passiert mir nämlich sonst immer.«

Dann lacht er. Sein stummes Lachen.

Als wir aufgestanden sind, sieht er nicht aus, als wisse er, wo er hingehen solle. Deshalb nehme ich ihn mit zum Vögelfüttern im Heaton Park. Vom Tor an der U-Bahn-Station wandern wir den kühlen, schattigen Abhang hinunter zum Teich. An der Stelle, an der wir abbiegen müssen, bauen Männer die Karussells für den nächsten Tag auf, sie schrauben die verrosteten, kunterbunten Geräte für die Volksbelustigung zusammen. Der Nebel verzieht sich, ein zähflüssiges, goldenes Sonnenlicht breitet sich aus. Wir beugen uns über das Geländer und reißen Brot in Stücke. Wir haben einen ganzen trockenen Laib zum Werfen.

Ein paar Kanadagänse kommen an und tauchen aufgeregt danach, auch ein Schwan bequemt sich herbei. Ich necke ihn, indem ich mit einem harten Brotstück wedle und es dann rasch hinter meinem Rücken verstecke. Der Schwan stößt immer wieder den Hals vor. Dean geht ein paar Schritte zurück.

»He, Esther, sei bloß vorsichtig. Der wird böse. Du weißt nicht, wie es ist, wenn dich ein riesiger, wütender, flügelschlagender Vogel angreift. Schön jedenfalls nicht.«

Ich drehe mich zu Dean um. Ich blinzle in der Sonne. Er schüttelt mit ernster Miene den Kopf.

»Bitte, Dean«, sage ich, »erzähl mir jetzt nicht, dass du mal von einem Schwan verfolgt worden bist, das wäre perfekt.«

Er nimmt ein wenig Brot von mir, zerpflückt es und wirft es über den Zaun.

»Doch, bin ich, und es war alles andere als lustig.«

Ich kann nicht aufhören zu lächeln. »Was hast du denn gemacht, dass er so wütend wurde?«

»Daran kann ich mich nicht erinnern. Ich war noch klein. Ich könnte mir vorstellen, dass ich ihn mit einem Stock geärgert habe oder so was.«

Dean zieht die Stirn in Falten und lächelt auch. Dann gibt er mir einen liebevollen Rippenstoß und einen Kuss auf die Wange.

11

Donna findet die Sache mit Dean natürlich absolut zum Schreien. Immer wieder schüttelt sie bedenklich den Kopf und spielt eine Simon-und-Garfunkel-Platte bei offener Zimmertür. Letzte Woche habe ich Joey auf der Market Street gesehen, und er fing schon an zu lachen, bevor er mich begrüßte. Ich blieb stehen, steckte die Hände hinten in meine Jeanstaschen und schaute ihn böse an.

»Lach nicht über mich!«, sagte ich.

»Ich lache nicht *über* dich«, erwiderte er mit einer galanten Handbewegung, »sondern ich lache dich *an*. Wie geht's deinem jugendlichen Liebhaber?«

»Die Gerüchteküche brodelt, was?«

»Er ist Sänger, stimmt's?«, sagte er.

Ich seufzte. »Ja, wahrscheinlich. Ich meine, ja! Ich glaube, er hat an einer Kreuzung auf der M62 seine Seele gegen ein paar Zauberbohnen eingetauscht.«

»Ja, ja, der große böse Wolf ist hinter meinen Zauberbohnen her.«

»Rede du nur«, sagte ich. »Es ist nichts. Es ist albern. Eigentlich ist es deprimierend.«

»Nein, ich glaube, es ist toll. Du als Kinderschänderin, das hätte ich nie gedacht.«

Wieder Gelächter. Und mit den Worten »Tschüs, Joey« beendete ich das Gespräch.

Es macht aber Spaß, mit Dean zusammen zu sein; auf jeden Fall ist er unterhaltsam. Ich weiß nicht. Er ist geradezu aggressiv zärtlich. Das muss einem einfach gefallen. Er schafft es immer noch, sich mit seinen abgekauten Fingernägeln in meinem Arm zu verkrallen, wenn er mich zum Abschied küsst. Er kauft jedes Buch, das ich erwähne. Wenn nur die schlaflosen, stummen Morgen nicht wären, wenn ich voll angekleidet unter meiner schlabbrigen, dünnen Bettdecke mit dem Rücken zu ihm liege, und es so kalt ist, dass es sich an den Stellen, an denen ich die nackten Füße hinausstrecke, feucht anfühlt. Dann, glaube ich, starren wir beide ins Leere. Oder ich stehe auf und setze mich in die Küche. Muss um jeden Preis weg.

Heute habe ich nicht abgenommen, als er anrief. Mehrmals. Abends fahre ich mit Donna nach Ancoats, sie muss dort etwas wegen der Band erledigen, und ich besuche aus irgendeinem Grund James. Sie trägt eine Kosakenmütze zu Jeans und T-Shirt, ich wieder mein dünnes Willa-Cather-Kleid und die Ballettschuhe ohne Strümpfe. Als wir in strömendem Regen aus dem Auto steigen, schütteln wir uns die Hand und gratulieren uns zu unserer jahreszeitlich inkorrekten Kleidung.

An Werktagabenden hockt James normalerweise grübelnd in seinem Atelier, einem großen Raum in der obersten Etage der Beehive Mill, einem umgebauten Lagerhaus mit viel Platz für Künstler, Übungsräumen, kreativen Zellen. Dean ist auch schon hier gesehen worden. Donnas Band probt in einem Raum, von dem aus man auf den gepflasterten Hof hinausschaut. James' Atelier bietet einen erhabeneren Ausblick. Man muss den quietschenden Lastenaufzug nehmen, um dort hinzukommen. Ich trage mich unter Donnas Namen ein und gehe an zerdrückten Kartons unter der steilen Metalltreppe vorbei, aus denen Flyer quellen. Ich schiebe die Gittertür des Aufzugs auf, fahre zum obersten Stockwerk und gehe dort bis zum Ende des Korridors. Die Brandschutztüren werden alle von roten Feuerlöschern aufgehalten, damit die Bands ihre Anlagen hinein- und hinaustragen können.

James tut, als sei er nicht besonders erfreut, mich zu sehen. Lange nachdem ich geklopft habe, öffnet er die Tür und geht ins Atelier zurück, ohne mich zu begrüßen. Er setzt sich mit krummem Rücken und abgewandtem Kopf an seinen farbbespritzten Tisch. Ich stelle mich ans offene Fenster. Der Raum riecht nach Staub und frischem Regen. Es gab einmal eine Zeit, da beobachteten wir von hier aus Stürme, die um das Gebäude tobten und sich vor uns beiden hier drinnen mit unseren Teetassen bedrohlich aufbauten. Damals stellte James immer Bilder und Nachrichten für mich ins Fenster, falls ich draußen vorbeispazierte. Heute hängen die Wolken wie Schutthaufen über der niedrigen, zerklüfteten Skyline. Dort, wo die Sonne untergeht, rauchen sie über dem Horizont. Ich drehe mich um. James wirkt müde. Nein, seine Augen sehen seltsam umflort aus. Ich gehe zu ihm und beuge mich dicht zu ihm hinunter.

»Trägst du Make-up, James?«

»Ja, wir haben für so ein Projekt gefilmt ...«

Gleichgültig reibt er sich über eine Augenbraue und ist keineswegs verlegen, was ich gehofft hatte.

»Ich wollte nicht sagen, du wärst ein Transvestit«, sage ich. »Es ist mir nur aufgefallen.«

In Gedanken ganz woanders, schaut er mich an.

»Schön, wenn einem etwas auffällt, findest du nicht?«, sagt er, eigentümlich lächelnd.

»Woran arbeitest du im Moment sonst noch?«, frage ich.

Er setzt eine strenge Miene auf und holt Luft, dann wühlt er in den Blättern auf dem Tisch und gibt mir ein paar abstrakte Holzkohleskizzen. »Ich versuche so viel Verschiedenes zu machen wie möglich. Ich finde, je besser man in einer Sache wird, desto mehr andere kann man *nicht*. Ich habe eine Idee ...«

Während er die erläutert, lässt er immer wieder seine verkratzte, farbbeschmierte Hand wie eine Messerklinge diagonal zwischen uns niedergehen und sagt Worte wie »die Linie« und »der Körper«.

Ich lächle zustimmend.

»Gut, okay, was noch?« Ich gebe ihm die Skizzen zurück.

»Das hier.«

Er schiebt ein paar Blätter beiseite und greift zu einem dicken roten Album. Es schließt sich nicht, sondern liegt wie eine Ziehharmonika auf seinen Knien.

»Im Moment bin ich intensiv hiermit beschäftigt«, sagt er und lässt das Buch da auffallen, wo es möchte: bei einer Seite voll mit winzigen Obstetiketten, bestimmt hundert in adretten Längs- und Querreihen.

»Auf die achtet niemand«, sagt er. »Aber ich mag die Farben.«

»Das kapiere ich nicht«, sage ich. Das ist ihm egal.

»Und was schreibst du im Moment?«, fragt er und verdreht ganz idiotisch den Kopf, nur damit er aus dem Fenster sehen kann.

»Ach, immer die alte Leier: Kurzgeschichten über Seeleute, Sträflinge, Cowboys, Nonnen. Und über meine Abenteuer in Amerika. Und den Typen, in den ich vor ein paar Wochen verliebt war.«

Nun schaut er skeptisch aus dem Fenster.

»Warum sollte das nicht wahr sein?«, sage ich. »Alles ist wahr.«

»Warum ver-*liebt*, Esther?«, sagt er. »Warum nennst du es so?«

»Weil – warum ist das, was du machst, Kunst? Weil du es so nennst.«

»Ich nenne es ja gar nicht so.«

Das stimmt, er hat recht. Ich gebe mich geschlagen.

Ich wandere im Atelier herum und betrachte seine Sachen. Sein Zaubererhut und ein verstaubtes Cape hängen an einem schnörkeligen Garderobenhaken. Auf einem Tablett steht ein Wasserkessel, ein klobiger Becher umgekehrt auf dem Abtropfbrett neben der Spüle, um deren Abfluss sich kreidige Farbe kringelt. Ich öffne die Flasche Gin aus meiner Umhängetasche, nehme den Plastikhalm aus dem Pferdeschwanz und fange an zu trinken.

James verdreht die Augen und versucht sich an einem zutiefst verächtlichen Stöhnen. Dann schüttelt er den Kopf.

»Du bist ja neuerdings mächtig in deinen Lebensstil verliebt«, sagt er.

Ich bin empört. »Ich habe keinen Lebensstil«, entgegne ich und trinke weiter.

Er lehnt sich zurück, schaut mich an und sagt: »Gehst du zurück in die Staaten?«

Ich schaue ihn böse an. »Ich bin nie in Amerika gewesen, James.«

Nun scheint er wirklich überrascht zu sein. Immerhin etwas. Er betrachtet erst missbilligend den Tisch, dann mich.

»Weiß Donna das?«

»Natürlich.«

»Natürlich«, sagt er und schüttelt wieder den Kopf. Das macht er dauernd. »Wo warst du?«

»Nirgendwo.«

»Du warst hier?«

»Nein, das habe ich nicht gesagt.«

»Ach, Esther. Was willst du denn jetzt tun?«

Ich schaue ihn missmutig an. »Das Gleiche wie immer. Rumlaufen und nachdenken. Die Nächte sind für die Füße, die Tage für den Kopf. Mein alter Leitsatz. Ich erstelle eine Leseliste. Vielleicht nehme ich mir das ja sogar für den Rest meines Lebens vor.«

»Du glaubst an deine Pläne, das ist gut«, sagt er. »Und dann?«

»Wie, und dann?«, sage ich und sauge noch ein bisschen warmen Gin.

»Eines Tages stirbst du«, sagt er.

»Hör auf mit deiner Klugscheißerei«, sage ich. »Hör auf, mit mir zu streiten, Jimmy. Komm und nimm mich in die Arme. Ich bin einsam.« Ich sage es in einem Singsang: Ich-bin-einsam. Ich-bin-*ein*-sam.

James rührt sich nicht. James ist ungerührt.

»Die Zeiten sind vorbei«, sagt er lächelnd.

»Ts, ts«, sage ich, schiebe den klebrigen Strohhalm wieder in meinen Pferdeschwanz und lächle zurück.

Als ich draußen bin, schaue ich hoch und drohe dem leeren Fenster mit der geballten Faust. »Grrrrrr!«, sage ich ohne große Überzeugung. Trotzdem, Obstetiketten. Ich kann mich wenigstens betrinken und mit meiner Freundin Lieder singen.

Beschwingt wandere ich von dannen, meine Tasche hüpft, und meine Schritte klopfen und zischen, wenn ich einen Fuß in den Rinnstein setze und flott über den feuchten Kies schlendere. Laternenpfähle und spillerige Bäume stehen Wache an den kleinen, leeren Parkplätzen. Unkraut säumt die Straßen. Der blütenlose Fingerhut biegt sich im Wind.

Ich hopse wie bei Himmel und Hölle über den bläulichen Asphalt und die geflickten Bürgersteige. Ich singe den schmucklosen Lagerhauswänden, die hoch zu beiden Seiten der schmalen Gasse aufragen, einen Countrysong. Nichts als senkrechte Fassaden und beeindruckende Höhen und moosige, gepflasterte Schluchten, in denen kein Lüftchen weht. Alles ist ZU VERMIETEN. Ein ruhiges orangefarbenes Licht streift die zerbrochenen Fenster: die mit Zähnen aus grauen, gezackten Glasscheiben, die mit grauen Steinen zugemauerten und die, die mit angestrichenen Holzplatten oder spröden, verrottenden Planken zugenagelt sind.

Ich komme am Kanal an. Das Wasser ist dunkel, glatt und still, vor dem Schleusentor staut sich der weißliche Schaum zu marmorierten Schnörkeln und Mustern. Ein düsteres Taxi schleicht vorbei, dann kommt ein alter Ford Escort angerast, und ein Typ schreit was aus dem Fenster. Ich laufe weiter und beobachte den unveränderten Himmel. Ich rauche meine unsichtbare Zigarette und singe vor mich hin. Keine Menschenseele sonst ist unterwegs.

Doch, Moment, dort drüben in dem Schutt vor der leeren Fabrik macht eine Band Fotoaufnahmen. Das Mädchen nimmt die Brille ab und reibt sich ein Auge. Die Leute in der hinteren Reihe schauen weg. Klick.

12

Dean sitzt auf einem Barhocker im Fenster des Cafés gegenüber und schüttelt mit argwöhnischem Blick ein Zuckerbeutelchen. Er wartet auf mich. Er hat einen Schuh halb ausgezogen, das heißt am großen Zeh verhakt, und lässt ihn gegen die Fußstange baumeln. Ich gehe über die Straße und klopfe an die Fensterscheibe direkt vor ihm. Er ist erst überrascht, dann leuchten seine Augen.

Wir gehen eine Weile spazieren und setzen uns an den Brunnen vor dem Rathaus. Er drückt seine Stirn an meine. Ich halte still, schließe die Augen, spüre, wie der leichte Wind mein Haar, mein Kleid, das Band in meinem Zopf, alles in eine Richtung weht. Ich schalte meine Gedanken aus und fühle Deans kalte, schmale Hände im Nacken; seine Küsse sind wie hingetupft, streifen mich zart. Als der Regen laut wird, lehne ich mich zurück und schaue mich um; das Wasser macht winzige gläserne Skulpturen auf den Pflastersteinen, den Pfützen, den Taxidächern. Der dunkle Himmel hängt tief. Wir bleiben sitzen, der Regen strömt uns übers Gesicht.

Später gehen wir unter der Whitworth Street am Kanal

entlang und setzen uns auf eine bemooste Bank auf dem Treidelpfad. Dean fängt an, ausgerechnet über Sex zu reden. Teenager.

Er sagt: »Schau, nach dem, was du mir erzählt hast, klingt es ganz so, als seien die Leute nicht so behutsam mit dir umgegangen, wie sie es hätten tun sollen. Ich will ja nur sagen, dass es mit mir anders wäre. Worüber denkst du nach?«

Ich lese die Graffiti auf der Bank, fahre mit dem Daumennagel durch die eingekerbten Runenromanzen. Schaue nicht hoch.

»Worüber ich nachdenke? Ich meine, wenn wir so darüber reden, schaffen wir es nie ... miteinander zu schlafen.« Jetzt schaue ich ihn an.

Achselzuckend sagt er: »Doch, doch, Esther, denn das kommt automatisch.«

Verdammt! Er ist klüger, als ich dachte. Er zupft an den zerschlissenen Knien seiner ausgewaschenen Jeans und dreht an den grauen verfilzten Fäden, die sich über seine bleiche Haut spannen. Sein Gesicht ist unter seinem Haar verborgen.

Ich stehe auf und gehe zurück in Richtung Treppe. Er holt mich ein und läuft neben mir her. In den Pfützen, durch die er latscht, liegt mattsilbriges Licht, doch ich friere und will nur noch weg und ohne ihn im Kino sitzen. Ich will ihm das gerade sagen, da bleibt er stehen und verschränkt die Arme.

»He, Esther«, sagt er. »Ich bin in dich verliebt.« Er behält mich fest im Blick.

»Nein, bist du nicht, Dean. Sei nicht blöd.«

»Doch. Ich bin verliebt in dich. Sogar sehr.« Ein kurzes Lächeln, man sieht seine winzigen Zähne.

»Beruhige dich, Kleiner«, lache ich und gehe kopfschüttelnd davon. Er ruft mir nach.

»Nenn mich nicht Kleiner. Und hör zu, wenn du jetzt nicht sofort sagst, dass du mir glaubst, vergesse ich mich.«

Ich gehe weiter, na und? Dann drehe ich mich doch um. Rechtzeitig, um zu sehen, wie er seine Schuhe unter die Bank wirft und sich rückwärts in den Kanal fallen lässt. Den Bruchteil einer Sekunde lang bilden seine fuchtelnden Jeansbeine und die in dem Anorak steckenden Arme ein Knäuel, dann geht er unter. Dann kommt zuerst sein aufgeplustertes Haar an die Oberfläche, und als er – mit höchst selbstzufriedener Miene – in dem schaumbedeckten Wasser herumpaddelt, klebt es ihm flach an den Wangen.

Er strahlt mich an, streckt die Arme aus und schwimmt.

Donna nennt es die Tat der Finsternis. Als es dazu kommt, zwangsläufig, drehe ich mich weg und rolle mich ein, bleibe reglos liegen, betrachte die Schatten auf meinen Kartons und denke an nichts. Dean schnauft an meiner nackten Schulter. Er fährt mit der Hand über die Stoppeln an meinen Schienbeinen, breitet seine schlanken, schwieligen Finger auf meinem Bauch aus und bewegt die Hand weiter hinauf.

»Dreh dich um, Esther«, flüstert er.

Dazu brauche ich eine Weile. Und als ich es tue, empfinde ich überhaupt nichts, in keinem Teil meines Körpers. Ich fühle mich nicht schlecht, denn ich fühle nichts. Während er also mit dem Kopf an meinem Nacken ist und mich küsst, greife ich eine Handvoll von seinem verschwitzten blonden Haar und halte ihn dort fest, während ich einen Batzen Spucke im Mund sammle, sie mit drei Fingern meiner freien Hand heraushole, tue, als fummelte ich an mir selbst herum, und sie dort verreibe. Eigentlich tieftraurig – wenn ich dieses Gefühl zuließe. Doch dann gleitet er an mir entlang, hebt den Kopf, schaut durch seinen Pony und sagt:

»Esther, ist Haut nicht toll?«

Da finde ich es nicht mehr so trostlos. Ja, ich muss sogar kichern. Ich kann sein Gesicht betrachten und ihn sehr mögen. Er ist ein toller Junge, ein guter Mensch. Doch als ich meine von seinem mageren, rutschigen Bauch zusammengequetschten Oberschenkel betrachte, habe ich nur Angst. Ob er das wohl merkt? Ich lege die flache Hand dorthin, wo sein Herz pochen sollte und auch pocht, und wünsche mir dann, ich hätte es nicht getan, weil er seine Hand auch auf meins legen könnte. Ich will nicht, dass er sich schlecht fühlt. Doch das hier wird nicht noch einmal passieren.

Deshalb rufe ich ihn nicht mehr an und nehme auch nicht ab, als er anruft. Nachdem ich schon seit etwa einer Woche gut mit meiner Arbeit vorangekommen bin, taucht er nach der Bar hier auf. Und wegschicken kann ich ihn nicht. Um drei Uhr morgens malträtiert er unsere Klingel. Wenn ich nicht wach werde, schlägt Donna an die Wand neben meinem Bett. Dann zieht mich das schrille Geräusch durch den schummrigen Flur, und ich lasse ihn herein. Stehe oben an der Treppe, während er angepoltert kommt. Ich merke an seinen Augen, dass er nicht so betrunken ist, wie er tut. Er sagt:

»Das passiert, wenn du einen Heimatlosen aufnimmst.«

oder

»O Gott, ein hübscher Junge will dich besuchen. Wie lästig.«

Selbst wenn ich ihn schrecklich behandelt habe, taucht er mit einem Lächeln im Gesicht auf. Es lässt ihn völlig kalt. Als wir letzte Nacht im Bett waren, nahm er einen Kugelschreiber aus dem Becher auf meiner Kommode und malte Gänseblümchenketten um meine Handgelenke, während ich las. Alle Achtung! Ich legte das Buch weg, nahm den Stift und malte einen langen dünnen Anker innen auf seinen Unterarm. Die blaue Krakelei sah auf seiner bleichen Haut aus wie Neonlicht, das man bei Tag angelassen hat. Dann fuhr ich mit dem Daumen über die dünnen blauen Wasserfarbenstriche innen an seinen Handgelenken und sagte zu ihm: »Das also machen Achtzehnjährige?«

Er erstarrte und schüttelte seinen Pony.

»Nein, Esther, sag nicht so was. Das machen wir beide, du und ich.«

»Stimmt«, sage ich.

Aber es ist wirklich pubertäres Geplänkel, wenn wir so tun, als seien wir unendlich fasziniert voneinander. Dean zuckt und redet im Schlaf. Er reibt seine Kinderbeine aneinander wie Feuerstöckchen. Packt mich um die Taille oder im Nacken oder hält meine Hand, wenn nur die zur Verfügung steht. Heute löse ich mich beim ersten Tageslicht von ihm, setze mich und schiebe das Fenster auf, um die säuerliche Luft hier drin nicht mehr atmen zu müssen und zu vergessen, dass er in einem fremden Bett liegt und, jetzt wach, mich beobachtet.

Ich rutsche aus dem Bett und setze mich vor den ungerahmten Spiegel, der an der Wand lehnt. Dann hole ich mein Schminkzeug aus der Umhängetasche, male mir die Augen mit Mascara an, kippe mir Parfüm aus meiner roten Schmetterlingsflasche auf den Nacken und lasse mein schmutziges Haar langsam herunterfallen, während ich die öligen Tropfen hinter meinen Ohren verreibe. Als ich auch meine Handgelenke betupfe, löst sich das Kugelschreibergekrakel auf. Ohne Dean anzusehen, steige ich wieder ins Bett. Er legt die Hand auf die zerdellte Haut außen an meinen Oberschenkeln und drückt sein Kinn in mein verfilztes Haar. Ich schließe die Augen, lasse den trüben Morgen sich dort entfalten und versuche, an woanders, an die Zukunft oder die Vergangenheit zu denken. Dann dreht Dean mich um, und ich spüre ein sanftes Zwicken und Drücken nacheinander auf meinen Lidern, seinen Nicht-Atem auf meiner Stirn und seinen kalten Heizkörper-Brustkorb an mir.

Wie üblich schaue ich aus dem Fenster und sehe ihm zu, wie er geht. Ich frage mich, was ich eigentlich mache. Ich sollte mich elender fühlen. Er bleibt am Tor stehen und schaut zu mir zurück. Strahlt mich an. Klopft sich mit der Hand aufs Herz und hüpft davon, irgendwohin. Immer sieht es aus, als ruckten seine Schultern, als streite er sich in Gedanken mit sich selbst.

»Hat er dich mit seiner Schmachtlocke gestreichelt?«, fragt Donna von der Tür her.

Es ist verzwickt. Manchmal mag ich es, wenn Dean im Bus den Arm um mich legt, doch wenn er sich in mir bewegt, muss ich mir die Tränen verbeißen. Mehr als einmal habe ich ihm gesagt, er soll nicht mehr kommen, ich hätte keine Zeit. Heute hat er mir erzählt, dass er einen Song über mich geschrieben hat.

»Dann sing ihn mir vor, Süßer, und ich schaue dir dabei tief in die Augen ...«

Er ärgerte sich nicht über meine ätzende Ironie, weil er sie gar nicht bemerkte. Nein, das stimmt nicht. Er ist schlicht und ergreifend gar nicht auf den Gedanken gekommen, dass ich so fies sein kann. Er sagt mir ja auch ständig, dass er mich liebt. Einmal sagte er: »Wenn du verrückt bist. Und jemanden *findest*. Dann solltest du die Gelegenheit beim Schopf ergreifen, und zwar dalli.«

Er hat vollkommen recht. Aber ich nehme ihn nicht ernst. Er weiß absolut nichts von mir. Andererseits: Was gibt's schon zu wissen? In letzter Zeit habe ich viel darüber geschrieben, wie es ist, ein Nichts-Mensch zu sein. Ich versuche, mit ihm darüber zu reden.

Wir sitzen nebeneinander auf dem Bett, beide betrunken, beide so dahingefläzt, dass wir fast auf den Fußboden rutschen. Er erklärt sich wieder einmal, und ich lausche dem Chor der Morgendämmerung und fühle mich einfach nur einsam. Einsam, erschöpft und wütend. Ich drehe mich zu ihm um und frage ihn, was er denn so abgöttisch an mir liebt und bewundert, obwohl ich nie etwas von dem meine, was ich sage, obwohl es nichts gibt, das ich ihm definitiv über irgendetwas sagen kann. Ich bin *nichts*, sage ich zu ihm. »Du bist in ein Vakuum gesaugt worden. Hier ist nichts. Ehrlich.«

»Wenn jemand, den man mag, so was sagt, macht man sich Sorgen«, erwidert er und überlegt.

»Damit bestätigst du ja nur, was ich sage«, entgegne ich. »Denn was ich sage, ist nichts als üble Phrasendrescherei, nichts als eine Masche. Und du nimmst sie mir ab. Das macht mich fertig. Wir führen Gespräche über nichts.«

Es ist doch immer wieder, als stieße er Sperrholzfassaden um, die lautlos fallen und wieder zu Sägemehl werden. Dahinter ist nichts. Ich bin ein Nichts-Mensch. Deshalb weiß ich ja auch nicht, wie es laufen *würde*. Ich meine, was machen Menschen, die Nichts-Menschen sind? Meine narzisstische Nabelschau, die zieht ihn an und geradezu in ein schwarzes Loch hinein, in ein Konzentrat von Nichts, ein Labyrinth aus Spiegeln …

»Du nervst, Esther«, sagt er, verdreht die Augen, berührt meinen Oberarm und schüttelt den Kopf. Dann setzt er sich und fährt fort: »Jetzt hör mal, Esther, ich habe überlegt – du musst mir versprechen, dass du mich nie in eine deiner Geschichten packst.«

»Nein, garantiert nicht«, sage ich, und er ist still. Er kratzt an den Pickeln an seinem Kinn, schüttelt seinen Pony.

»Warum musstest du es so sagen? Du nervst total.«

Nicht dass es irgendwie wichtig wäre, aber mein Verhalten gefällt mir selbst nicht. Ich sage Dean stets aufs Neue, dass ich keine Zeit habe, und es stimmt, ich habe viel zu tun, doch dann gehe ich spät nachts in die Stadt und hole ihn. Wahrscheinlich bin ich süchtig danach, dass sich jemand freut, wenn er mich sieht. Nach dem Moment, wenn Dean von dem Buch, das er an der Kasse am Eingang liest, aufschaut und lächelt. An diesen Blick denke ich, wenn ich durch die Oldham Street zur Bar gehe, an dem Hund an der Bushaltestelle vorbei und den kreischenden Paaren vor den Clubs. Ich weiß, dass ich geradezu pathologisch kadaverhaft aussehe: zerzaust, abgerissen, aufgedunsen vom Trinken. Dean ist das einerlei. Sein Gesicht leuchtet auf.

Das heißt, es leuchtete auf. Als ich letzte Woche eines Nachts in die Bar kam und ihm zuzwinkerte, schenkte er mir nur ein kurzes höfliches Lächeln und las weiter in seinem Buch. Sein Blick war leer. Also musste ich hineingehen und mit Barbara Ann am Tresen reden. Mir war übel. Sie war sehr nett zu mir, vielleicht hatte sie nichts gemerkt. Sie lud mich zu ihrer Geburtstagsparty ein. Ich werde nicht hingehen, doch ich sagte: »Klingt gut.«

»Ja«, erwiderte sie lächelnd, »und Dean kommt auch.«

Doch seit dieser Nacht nimmt Dean nicht mehr ab, wenn ich ihn anrufe, wenn ich ihn mitten in meinen schlaflosen Nächten überfalle. Ich erzähle es Donna. Sie sitzt auf ihrem Bett, winzig zusammengekrümmt, entlockt ihrer Gitarre ein paar Blues-Töne.

»Er erweist sich als immun gegenüber der Kraft meiner Verzweiflung, sehr ärgerlich«, sage ich. Ich habe die Arme vor der Brust verschränkt und weiß nicht, was ich mit mir anstellen soll.

»Sind Jungs nicht komisch?«, sagt sie und spielt weiter.

Ich verziehe mich in mein Zimmer und verriegle alle Schlösser. Ich gehe früh zu Bett, liege da und lausche, wie mein Magen gluckert und meine Wimpern über das Kissen streifen. Als Donna klopft und wissen will, ob ich mit zum Karaoke komme, antworte ich nicht. Ich drehe mich um und bleibe, die Hände über der Brust gekreuzt, auf dem Rücken liegen. Meine zugeklebten Kartontürme erheben sich imposant im Mondlicht. Meine Kleidung und Platten sind alle wieder ordentlich weggeräumt: keine Unordnung mehr, keine Persönlichkeit, nur graues Licht auf glatten Flächen.

Ich weiß nicht, was ich will, wenn ich mich so in etwas hineinsteigere. Mein Inneres ist wie ein nie ausleierndes elastisches Netz, wo alles Platz hat, ja schlimmer noch, drin hängen bleibt. Das Netz ist unzerreißbar, glaube ich nun. Alles kämpft mit allem und hängt dort fest. Ideen wie nicht angezündete Laternen, Menschen nur gewichts- und gesichtslose schwarze Hüllen.

Zum Beispiel: Vor ein paar Jahren war ich dick befreundet mit einem Mädchen. Helen, einer Geordie mit breiten Hüften; ich hatte sie bei der Arbeit in der Bar kennengelernt. Ein paar Monate haben wir zusammen rumgehangen, sind ins Theater gegangen. Sie war eine altmodische, schwer geprüfte Englisch-Studentin mit Idealen. Bei den letzten Zeilen eines Buches von Fitzgerald, egal, welchem, fing sie immer an zu weinen. Was ja auch in Ordnung war. Als sie und Richard einmal über Fitzgerald sprachen und Richard meinte, nur er habe den richtigen Zugang, nur er verstehe ihn, zog Helen an ihrem Zopf und verdrehte die Augen. Dann sagte sie, und zwar mehrmals: »Darf ich dezent darauf hinweisen, dass dem nicht so ist?« Ich war beeindruckt; sie griff ihn richtig an. Richard hasste sie und sagte, sie sei eine dumme, fette Kuh. Nicht ihr ins Gesicht, natürlich nicht. Wahrscheinlich hätte er ihr am liebsten eine runtergehauen. Ihr eine runtergehauen und sie gefickt, beides, so ticken doch solche Leute, stimmt's? Er hasste es, dass ich überhaupt Freunde und Freundinnen hatte. Er hasste Donna; Donna fand ihn urkomisch. Am Anfang fand sie ihn saukomisch.

Egal, Helen. Wir redeten und redeten, bis uns die Spucke steif wurde; es war ganz anders als mit Donna. Doch als Helen mit ihrem Studium fertig war, wurde sie feige gegenüber dem Leben, und das fand ich unerträglich. Ich konnte nicht mit ihr reden, wenn ihre Miene immer nur angsterfüllt, ihre Augen groß und ihr Mund winzig waren. Ihr Lachen wurde lauter und bedeutete weniger. Einmal verabschiedete ich mich an einer Bushaltestelle von ihr, und sie sah mit ihren Einkaufstüten und der unter die Achsel geklemmten Geldbörse wie das geborene Opfer aus. Sie wurde immer stiller und blasser, buchstäblich blasser: gekleidet in Babyfarben; blassblaue Jeans und gelbe Jacke. Sommerliche Pastellfarben. So mutlos, so eingeschüchtert. Sie ging einen anderen Weg. Eines Abends kam sie in die Bar, und ich erzählte ihr ansatzweise, warum wir nicht mehr zusammen rumhängen könnten. Eine dunkle Röte breitete sich über ihrem Kinn, ihrer Stirn, ihrem Hals und ihrer Nase aus. Ich griff sie an, weil ich zu viel Angst hatte, ihr zu helfen. Ich schaute weg, leckte einen Finger an und blätterte eine Seite um. So ist es immer gewesen. Leute, die ich als Feiglinge oder Märtyrer empfinde, bringen mich zu den hässlichsten Reaktionen: Zornaufwallungen, die ich in meinen Augen geradezu blitzen fühle. Ich finde, solche Leute geizen mit ihrem Leben, gieren aber andererseits nach den schlimmsten Gedanken, zu denen ich fähig bin. Deshalb war ich auch zu meiner Mutter so. Ich will mich nicht herausreden, nur sagen, wie ich es sehe. Heute schaue ich mich in diesem kahlen Zimmer um und bin entsetzt über mich und darüber, wie ich mich ihr gegenüber verhalten habe. Sie wollte ja nur, dass alles um sie herum lieb und vertraut war. Mein Bruder und ich waren weiß Gott nichts von beidem. Wir sind in ihrem Bauch gewachsen, und dann haben wir sie bei lebendigem Leibe aufgefressen. Ich darf gar nicht anfangen, über diese Zeit nachzudenken. Aber nun geht es ihr ja gut.

Ehrlich gesagt, denke ich aber weder an meine Mutter noch an Helen in der Weise, dass sie irgendwo existieren und glücklich oder unglücklich oder sonst was sind. Wenn – falls – diese Leute wieder auftauchen, denke ich: Ach, die gibt's auch noch. Mehr nicht. In manchen Situationen reagiere ich ja bei mir selbst so: Ach, Esther, was hat sie denn die ganze Zeit getrieben?, frage ich mich. Na, eigentlich auch wieder nicht. Es ist mir egal. Ich bin ein Clown, ich bin ein Dämon, ich existiere ja kaum. Ich bemühe mich sehr, nicht zu existieren, ich bemühe mich, zu schreiben und darin zu existieren.

Doch dann gibt es Nächte wie heute, in denen ich an

diesen ersten unsicheren Kuss denke und mein Mund trocken und mein Herz heiß wird. Warum fühle ich das, wenn ich nicht existiere? Warum stürmen die Erinnerungen auf mich ein? Erinnerungen an alte Demütigungen, bei denen ich ein Gefühl kriege, als hätte ich Würmer im Bauch. An meine Wutausbrüche, wie Eis in meinen Adern. Und an die Einsamkeit, an die Finger in meinem Inneren, die sich blind verkrallen.

Neulich bin ich einmal sehr früh morgens aufgewacht, und es dauerte einen Moment, bis ich merkte … bis ich herausfand, was anders war. Warme Arme waren um mich, ich spürte die leichte Berührung von Knien, die sich in meine Kniekehlen schmiegten, jemand atmete an meiner Schulter. Eine Erinnerung, ein Wunsch, ein Phantom? Ich wagte nicht, mich zu rühren. Ich war wach und starrte in die Dunkelheit und spürte es die ganze Zeit. So real war es. Aber es war nicht real. Nun liege ich, den Arm über die Augen gedrückt, da, lausche, wie es auf die Fensterbank tropft, und versuche, an nichts zu denken.

13

Ich beschließe, doch zu Barbara Anns Party zu gehen. Um ein Uhr nachts den ganzen Weg nach Chorlton auf mich zu nehmen, weil ich dann vielleicht, vielleicht Deans nicht sehr freundliches Gesicht sehe. Sehr würdevoll, Esther.

Mit einem Schwung richte ich mich auf, schüttle meinen benommenen Kopf, setze mich auf die Bettkante und bin über mich entsetzt. Und schmutzig. Von meinen Händen kann ich Dreckkügelchen rubbeln, doch die Wohnung ist so kalt, dass ich mich jetzt nicht ausziehen und baden möchte. Ich bibbere weiter. Nein, zittre weiter. Ich zittre und lecke mir über meine klappernden Zähne. Ich schiebe den Ärmel meiner Strickjacke hoch und betrachte die blonden, aufgerichteten Härchen auf meinem Arm, starr zwischen den Narben und den weißen Hubbeln von kleineren Schrammen. Ich puste darauf, doch die Härchen bewegen sich kaum. Und wenn auch mein Kleid kneift und meine Strickjacke kratzt, würde ich mich am liebsten noch zehn Minuten auf der muffigen, weichen Bettdecke zusammenrollen. Weinen könnte ich jetzt nicht. Ich könnte Weingeräusche machen, doch dann würde mir nur der Hals weh tun und sich mein Magen immer mehr verkrampfen. Ich weiß, wie es sich anfühlen würde. Doch ich habe keine Zeit. Die roten Ziffern laufen weiter. Es ist 1.15 Uhr. Ich stehe auf, und meine Haut fühlt sich fest und zart an. Ich streife mir den Schlüsselring über einen Finger und gehe los.

Auf dem Weg in die Stadt halte ich Ausschau nach einem Taxi. Im leichten Wind spannt sich mein Körper an. Meine nackten Beine kribbeln. Ich ziehe die Schultern in der Strickjacke hoch, balle die Hände zu Fäusten und spreize sie wieder; bei meinen kleinen, schnellen Schritten klingen meine Absätze dumpf auf dem Bürgersteig. Ich spiele mit den Schlüsseln in meiner Tasche, drehe den Ring am Finger. Mehr als einmal fällt er ab, und wenn die Schlüssel auf dem Boden aufschlagen, hören sie sich an wie zerschellendes Porzellan.

Das Haus ist eine große, hell erleuchtete Doppelhaushälfte am Ende einer langen, dunklen Straße. Ich gehe durch die Hintertür in die volle Küche und suche mir was zu trinken. Viel ist nicht mehr da. Ich gieße die letzten Tropfen aus einer Wodkaflasche in einen Plastikbecher. Auf der Resopalarbeitsplatte sitzt ein Mädchen in einem ausgeleierten Pullover und abgeschnittenem schwarzen Cordrock. Mit tintenbekleckten Fingern umklammert sie eine Rotweinflasche am Hals und trinkt daraus. Ein großer, dunkelhaariger Mann am Kühlschrank beugt sich vor, redet mit ihr, rückt ihr auf die Pelle: Sein Gesicht sieht aus, als werde gleich was passieren; wenn er völlig humorlos lacht, wirkt das im Licht der Neonröhre furchterregend, hysterisch. Das Mädchen gähnt. Ihre Zähne sind blau. Sie springt von ihrem Sitz und nimmt eine CD aus ihrem Beutel. Auf der Hülle ist eine Tür. Ich kenne die CD. Das Mädchen geht in den Flur und wedelt dem Mann mit den Fingern einer Hand zu – ciao! –, ohne sich umzuschauen. Ich gehe hinter ihr her. Im Flur treten wir zur Seite, weil Barbara Ann mit einem orangefarbenen Chopper-Bike angeradelt kommt. Es sieht neu aus, an der Lenkstange hängen fröhlich sich kringelnde weiße Bänder. Sie strahlt.

»Schau dir das an, Esther, es ist von meinem Bruder«, sagt sie, bleibt stehen und zieht an ihrem blauschwarz schimmernden Haarknoten. »Für mich ist das Spiel aus – für mich heißt es: schnurstracks zurück in die Kindheit.«

Sie radelt in die Küche. Eine Reihe von Bewunderern folgt ihr.

Ich suche Dean im Hinterzimmer. Vergeblich. Er sitzt auch nicht rauchend im Vorderzimmer. Dann sehe ich ihn. Missmutig hockt er auf der Treppe, das Kinn auf der Brust, die Arme verschränkt. Er muss wissen, dass ich da bin. Unmutig drängeln sich die Leute an ihm vorbei. Manchmal sind sie sogar in Paaren und halten sich an den Händen. Romantisch.

Ich lehne mich an die Haustür und schaue ihn an. Durch das Treppengeländer wirft er mir einen kurzen, bedeutungsschwangeren Blick zu, dann wendet er ihn ab. So nicht. Ich gieße mir aus einer Flasche auf dem Sideboard Weißwein in den Becher und setze mich neben ihn. Er rutscht polternd eine Stufe hinunter, ich rutsche nach. Dann poltert er noch zwei Stufen weiter hinunter und stöhnt. Wie albern. Ich will, dass er mich anschaut. Ich trinke meinen Becher aus, balanciere das federleichte Ding auf dem Kopf, schaue in die warme Dunkelheit des hinteren Zimmers. Dunkel bis auf einen Schwarm tanzender Zigaretten, die kleinen leuchtenden Balken an der Stereoanlage und eine rülpsende Lavalampe. Das Mädchen auf der Couch schließt die Augen, um dem Song zuzuhören, den sie ausgewählt hat. Sie ist jetzt irgendwo anders. Herr, mögest du dieses edle Volk lieben. Wir sind aufrechte Leut, allesamt. Ich sehe Dean an, der neben mir sitzt, stur in eine Ecke des schummrig beleuchteten Flurs stiert und an einer Haarsträhne saugt. Aus irgendeinem Grund schreie ich innerlich danach, dass er mich anschaut. Ich halte es keine Sekunde länger aus, wenn er es nicht tut. Er nimmt mir den Becher vom Kopf und setzt ihn sich selbst auf; ich gebe ihm mit dem Ellenbogen ein paar sanfte Rippenstöße, und der Becher fällt herunter. »Geht's dir gut, Dean?«, frage ich.

Er schaut mich immer noch nicht an.

Dann sagt er: »Esther, ich habe nachgedacht. Warum glaubst du, dass dich unmöglich jemand mögen kann?«

Na, das ist eine Frage. Ich verdrehe die Augen.

»Das meine ich ja gar nicht«, sage ich. »Wenn überhaupt, mag ich mich wahrscheinlich selbst zu sehr.«

»Na gut, wenn du das nächste Mal down bist, komme ich mit einer Feder und kitzle dich. Bringe eine Beach-Boys-Platte mit, ziehe dich vom Bett und wirbele dich durchs Zimmer.«

Um seinen Worten den rechten Nachdruck zu verleihen, schlägt er sich mit der Faust aufs Knie. Ich schnaube und schaue zur Decke.

»Was, verdammt noch mal, ist mit dir los?«, sagt er. Und will es wirklich wissen.

»Tut mir leid. Als Rothaarige muss ich schließlich temperamentvoll sein.«

Dean ist verwirrt. »Wie – färbst du es braun?«, sagt er.

»Was redest du? Mein Haar ist rot.«

»Kastanienbraun vielleicht. In der Sonne.«

»Verdammte Scheiße, es ist rot, du Arschloch.«

»He, Esther, du bist heute so gereizt.«

»Ich verstehe eben nicht, warum du das über mich sagst, nur deshalb.«

»Ich habe einen Nerv getroffen, deshalb regst du dich auf!«

»Nein.« Vehement schüttle ich den Kopf und bringe ein krächzendes Lachen zustande. Meine Stimme klingt hoch und dünn. »Ich rege mich auf, weil ich weiß, dass du bei mir nie einen Nerv triffst«, sage ich.

»Ach du meine Güte«, sagt er. »Geht's um den Zettel,

den du mit dir rumträgst und jede Nacht an deinen Spiegel klemmst? Um jemanden, den du zwei Tage lang kanntest und nie wiedersehen wirst? Also bitte!«

»Das erkläre ich dir doch nicht. Das wäre sinnlos. Das war...« Ich zucke mit den Achseln. »Das war...«

»Verstehe«, sagt er und betrachtet seine Hände auf den Knien. »Deshalb fandest du, dass das mit unseren Geburtstagen keine Bedeutung hat.«

»Ja, wahrscheinlich«, sage ich.

Er schweigt. Dann seufzt er auf, lächelt und wechselt das Thema. Er sagt, er habe jetzt ein eigenes Zimmer in einem Haus in Whalley Range.

»Ach, das ist ja toll, Dean. Und wie läuft's?«

»Es ist ein Schuhkarton mit schimmeligen Wänden, aber ich finde es wunderbar, dass ich meine Sachen abstellen und mal eine Platte spielen kann. Und eins habe ich kapiert: Wenn ich wirklich mal eine eigene Wohnung habe, wird die einfach toll. Das Chaos.«

Er lächelt, und wir beide nicken vor uns hin. Dann sagt er, vollkommen vernuschelt, meinen Namen und legt ungeschickt den Arm um mich. Sein alter Wollpullover fühlt sich in meinem Nacken weich an. Ich schaue hoch und wieder nach unten.

»Tut mir leid, Dean«, sage ich. Er nimmt den Arm weg, klatscht in die Hände, schüttelt den Kopf und steht auf. Er geht, ohne mich noch einmal anzuschauen. Gut für ihn.

Ich beschließe, die Party bis zum Morgen auszusitzen.

Dazu gieße ich mir noch etwas von dem schlechten Wein ein und kauere mich in einen Sessel in dem muffigen Vorderzimmer ohne Gardinen. Ich decke mich mit dem Dufflecoat von jemandem zu und rolle mich, Knie am Kinn, ein. Ich schließe die Augen, schlafe aber nicht. Die Musik und das Rauchen gehen ewig weiter. Ich denke an mein Zimmer. Nach ein paar frösteligen Stunden geht langsam die Sonne auf, und die Straßenlaternen erlöschen.

Der Dufflecoat ist weg. Das habe ich gar nicht mitgekriegt. Ich stehe auf, zucke, strecke mich. Meine Beine sind wie mit einer schweren Flüssigkeit gefüllt, und ich habe das Gefühl, als seien meine Rückenmuskeln in ein seltsames grobes Korsett eingezwängt. Das Zimmer ist oberhalb der knöchelhohen Körperwärme dreier Leute, die ich nicht kenne und die auf dem Fußboden schlafen, eisig kalt.

Als ich an der Bushaltestelle stehe, um in die Stadt zu fahren, fühlt sich die Haut an meinen Armen hart und wund an. Obwohl es dem Kalender nach Sommer ist, ist es verdammt kalt. Als ich am Piccadilly aussteige, ist der Himmel blassgrau, aber grell und hängt sehr niedrig. Es tut weh, hineinzuschauen, und weil ich ganz nervös davon werde, behalte ich den Blick beim Laufen auf dem Bürgersteig und lege oft sogar schützend die Hand vor die Augen. Durch die menschenleere Mosley Street tigere ich, manchmal in Donnas Alien-Roboter-Gang, über das silbrige Licht in den Pfützen auf dem Bürgersteig zum Saint Peter's

Square. Als ich mein Kleid anhebe, sehe ich, dass ich von der Kälte blaurote und orangefarbene Flecken auf den Knien bekomme.

Das gesamte städtische Straßenmobiliar, die Abfallkörbe und Poller, die Tröge voller Blumen und Laternenpfähle, sind mit Arbeitsbienen in Gold bemalt. Ich lehne mich an eine kalte Steinmauer und zeichne eine in mein Notizbuch, nicht ohne die Flügel sorgfältig zu schraffieren. Dann gehe ich weiter durch die Stille, die durch das entfernte Dröhnen des Verkehrs auf den Überführungen und versetzt mit dem auf- und abschwellenden Vogelgesang aus den eingetopften Bäumen zu beiden Seiten besonders intensiv wird. Im Moment regnet es nicht, doch der Wind schüttelt in alle Richtungen Wasser von den Blättern.

Ich lege mich in die Parkanlage, die schräg vor der Zentralbibliothek abfällt, und nehme meinen Brief aus der Brieftasche. Das Papier ist schon mürbe und reißt an den Knicken. Eine sich auflösende Schatzkarte. Eine veraltete Schatzkarte, die ich trotzdem mit mir herumschleppe:

Liebste Esther,

ich heiße Newton, und so besorgniserregend das klingen mag – heute Morgen habe ich in Deinem Bett gelegen. Glaube mir, ich muss es wissen, denn ich bin eben darin aufgewacht. Ich erinnere mich daran, dass eine reizende junge Frau hier rumgetrödelt, ihr rotes Haar gekämmt und Tee getrunken hat; sie war gleichzeitig ruhig und nervös

(??) … Hmmm … Wahrscheinlich habe ich gehofft, dass Du das warst. Ich möchte nur noch so viel sagen, dass ich mir in der Wohnung einer Wildfremden rasch die Augen verbunden habe, damit mein Blick nicht auf etwas zu peinlich Persönliches fiel. Ich habe dann auch nur einen Socken gefunden, glaube aber, dass ich Porzellan im Fuß habe von dem Versuch, die Toilette ausfindig zu machen. Verdammt. Doch ehrlich – wir sehen uns heute Abend, und ich hoffe, wir können was aus dieser merkwürdigen Freizeitbeschäftigung machen.

Alles Liebe, Newton.

xxxxxx

Das ist uns nicht gelungen, was? Mir jedenfalls nicht. Vielleicht bin ich feige, weil ich ihn nicht anrufe. Vielleicht sollte ich jetzt, da so viel Zeit verstrichen ist, einfach auf den Kugelschreiber beißen und wählen. Denn wenn ich den Versuch unternähme, kaum vorstellbar, wie sich die Welt öffnen, mein fades Leben endlich, endlich entflammen und alle meine grässlichen Stimmungen endgültig verpuffen würden. Ich sollte anrufen. Es ist ja nicht so, dass ich Selbstdisziplin beweisen müsste. Trotzdem.

»Esther, bist du nicht einsam?«, fragte Dean gestern Nacht.

»Auf dieser Welt laufen genug fiebrige Egos herum, auch ohne dass ich meins auf die gierige Suche nach Liebe schicke.«

Warum habe ich das gesagt? Wie lächerlich es klingt. Trotzdem bin ich dieser Meinung.

Die Morgendämmerung breitet sich weiter an dem bewölkten Himmel aus, während mein Kleid von der morgendlichen Feuchtigkeit nass wird. Ich versuche, mich zu entspannen und nicht zu zittern. Wenn ich das unter Kontrolle bekäme, könnte ich bestimmt noch lange hier liegen bleiben und beobachten, wie die Tage in die Nächte sickern, sich über die Gebäude ergießen und wieder zurückfließen. Ich könnte hier liegen und an nichts denken, nur an Arten und Weisen, den Himmel, die Wolken, das Licht zu beschreiben.

14

Als ich heute aus dem Kino nach Hause kam, hockte Dean auf der Treppe vor unserer Haustür. Weil ich seinem Blick nicht begegnen wollte, hielt ich die Hand vor die Augen und schaute auch nicht auf, als ich an dem dämlichen Türschloss hantieren musste. Er riss eine Seite vom Flyer eines Restaurant-Lieferdienstes, von denen ein Stoß an den Briefkästen lag, knüllte sie zusammen, warf sie und traf mich am Bein. Als ich das ignorierte, fing er an zu reden, jedes Wort klang überlegt und atemlos, er schnappte ständig nach Luft.

»Okay, Esther, ich möchte dir sagen, dass es mir leidtut, dass ich so nervig war, aber es lag daran, dass es mir wirklich schlecht ging, als wir uns kennenlernten, doch darüber will ich jetzt nicht reden. Aber deshalb habe ich so getan, als sei ich verrückt, ich meine, du bist auch verrückt, also war das okay. Trotzdem hätte ich nicht in den Kanal springen oder so unflätig vor den alten Männern rumfluchen sollen.«

Ich beachtete ihn nicht. Ich sagte nicht, was ich beinahe gesagt hätte: dass *ihm nie etwas leidtun dürfe*, dass er *nie sagen dürfe, es gehe ihm schlecht.* Selbst das konnte ich nicht. Ich behielt die Hand vorm Gesicht, damit ich ihn nicht sehen musste.

Und nun herrscht in meinem Zimmer dichte Dunkelheit, und das einzige Geräusch ist das Knistern der Nadel auf der Platte, die schon lange zu Ende gelaufen ist. Es ist die Stunde der Wahrheit.

Als ich mit Newton in diesem Zimmer aufgewacht bin, war ich von mir selbst überrascht – das weiß ich noch –, weil mir der simple Gedanke in den Kopf kam, dass *sich etwas in mir verändert hatte und auch so bleiben würde.* Das habe ich wirklich gehofft. Doch nun liege ich stocksteif auf dem Rücken und bewege die Augen von einer Ecke der Zimmerdecke in die andere: hinunter und hinüber, hoch und quer über das mattweiß getupfte Rechteck. Auch mein Verstand folgt einer Endlosbewegung, dem holpernden Mantra einer letztlich doch nur selbstsüchtigen Unterwerfung: *Ich bin nicht zynisch, ich bin nicht egomanisch, ich arbeite wirklich hart.* Ich bezweifle, dass irgendwas davon stimmt. Aber ich sage es immer und immer wieder und schaue böse an die Decke.

Als Donna nach Hause kommt, klopft sie an meine Tür. Ich reagiere nicht, doch sie kommt ins Zimmer und setzt sich ans Fußende des Bettes, in die staubig goldene Lichtscheibe, die vom Flur hereinfällt.

»Hallo, Esther«, sagt sie.

»Mir geht's gut«, sage ich.

»Dir geht's nicht gut.«

»Ich verwandle mich in eine Oper, doch mir geht's gut.«

»Nein, du verwandelst dich in einen George-Jones-Song. Was aber halb so schlimm ist.«

Ich will ruhig liegen bleiben, doch mein Mund verzieht sich nach unten, und meine Beine ziehen sich hoch. Donna legt sich auf die Bettdecke hinter mich. Wir sagen, was wir immer gesagt haben, als wir Teenager waren. Ich nicke ins Kissen.

»Komm in die Küche, und wir reden drüber«, sagt sie. »Warte, ich hole die Kekse aus meinem Zimmer.«

»Kekse«, sage ich, »hm«, und folge ihr hinaus. Sie hat schon eine Kanne Tee gemacht. Ich setze mich in die Küche. Ich lege die Fäuste auf den Tisch, drehe die Hände um und spreize sie, um die genähten Narben zu betrachten: grau verwandelt sich in rot. Ich atme tief durch. Donna wird mir helfen.

Aber davor überkommt es mich, und ich weiß schon, was ich gleich tue. Ich stehe auf, nehme die Teekanne, ergreife sie mit der linken Hand, umarme sie, kochend heiß und schwer, wie sie ist, eine volle Sekunde lang und schleudere sie dann an die Wand. Sie zerschellt, scharfe Scherben springen zu mir zurück, an der Tapete entsteht ein großer, dampfender Fleck. Donna kommt zurück und packt mich, als wollte sie mich erwürgen.

»Hör auf, die Bude kurz und klein zu schlagen, du dummes Ding. Setz dich. Komm, Esther, wir reden darüber. Es ist gut. Setz dich. Warte. Tee gibt's jetzt nicht mehr. Bleib sitzen, und ich hole den Brandy, den ich letzte Woche vor dir versteckt habe.«

Sie kommt mit der Flasche zurück aus ihrem Zimmer und gießt uns beiden ein.

»Es tut mir leid, Donna. Manchmal bin ich eben vor Wut außer mir«, sage ich und hebe meinen Becher, trinke aber nicht. »Manchmal steigere ich mich in geradezu opernhafte Gefühlshöhen und taumele dort herum und habe ein Gefühl ... Ich weiß nicht, was für eins. Jedenfalls gleite ich dann, bestimmt mit total dämlichem Gesicht, auf der Tonleiter wieder herunter. Und fühle wieder nichts. Bin nur knitterkaputt. Ohne schaffe ich es nicht. Dir geht's nicht so, stimmt's?«, sage ich und trinke einen Schluck.

Sie legt den Kopf zur Seite und sagt: »Nein. Ich mache es auf meine Art: Ich sage unverdrossen, was ich will oder nicht will, und man tritt sich gegenseitig nicht auf die Füße. Aber so bin ich.«

»Du machst es wahrscheinlich richtig, Donna. Ich weiß nicht, was ich will. Und verdammt noch mal, die ganze Zeit habe ich romantische Gefühle und bin zugleich wütend.«

Sie überlegt. Ich fahre fort.

»Ich könnte ja schon vor lauter Selbstmitleid und Selbstliebe ständig losflennen. Immer beginne ich Sätze im Kopf wie ›Mein Leben lang ...‹, ›In meinem ganzen Leben ...‹«

»Das ist doch gar nicht so schlecht«, sagt Donna. »Das

würde ich auch gern mal empfinden, aber ich empfinde es nicht oder kann es nicht. Du glaubst an das grüne Licht«, sagt sie, »und das finde ich toll.«

»Ja, das stimmt«, sage ich. »Die Neue Welt.«

»Weiße Socken«, sagt sie. Ein Lächeln zuckt über ihr Gesicht.

»... und an ›eines schönen Morgens –‹«

»Genau. Nur hör auf, das ganze Geschirr zu zerdeppern. Sonst essen wir bald aus Töpfen und trinken aus ...«

»Ananassen.«

»Gott bewahre.«

Sie gießt mir Brandy nach.

»Willst du ein bisschen tanzen?«, sagt sie.

Ich weiß es nicht und trinke noch was. Sie beugt sich über mich und drückt auf »play«. Es surrt, aber erst mal kommt keine Musik.

»Romantisch und wütend«, sagt sie. »Was zum Teufel willst du denn sonst sein?«

»Ich vermisse ... du weißt schon«, sage ich.

Sie nickt. »Ich weiß«, sagt sie. »Aber du musst ...« Sie zieht die Stirn in Falten, kneift ein Auge zu und sagt: »Hmm ...«

Ich sage: »Ich muss ... aus der kalten Wanne springen. Ich muss in meiner Witwenkleidung die Treppe runterrennen.«

Donna schlägt die Hände vors Gesicht, streckt mir die Zunge heraus und zieht eine Fratze. Ich auch.

Also mache ich mit meinem Detektiv-Notizbuch einen Ausflug. Seit einer Weile sitze ich in einem Café in der Bahnhofshalle und beobachte, wie eine Tasse Tee kalt wird. Dann hole ich den Kuli aus meinem Pferdeschwanz und rauche ihn auf dem Weg zum Bahnsteig. Es weht ein wenig Nieselregen herein, unter der Brücke wiegt sich Unkraut.

Mein Zug gleitet durch kaputte, fahle weite Wiesen. Zwei weinrote Waggons tuckern auf dem anderen Gleis an uns vorbei. An den Betonschornsteinen einer Chemiefabrik stehen welche auf dem Abstellgleis. Krakelige Baumreihen durchziehen ebene Felder, die Zweige beben und umklammern sich. Offenbar herrscht ringsum schneidender Wind.

Schließlich erreiche ich die Küste und folge den Schildern durch eine enge gewundene Straße zum Strand. Es wird immer kälter. Auf einer dem Meer zugewandten Bank sitzen zwei alte Damen, lutschen Bonbons und sind in allem und jedem einer Meinung.

Wo man hinschaut, ist alles grau. Die Schichten aus Wasser, Land und Himmel sind kaum zu unterscheiden. Ich schlage die Arme um mich, als ich über den Strand mit den scharfen Kieseln gehe, und denke, ich sollte vielleicht die Hand ins Meer tauchen, da ich so viel Land überquert habe, um hierher zu kommen. Aber ich tue es nicht, ich schaue hinaus und konzentriere mich. Meine Augen brennen, ich kriege eine Gänsehaut. Was ist hier nicht alles angeschwemmt worden: eine stattliche Reihe sandüberkrusteter Souvenirs. Leere Flaschen, zerfranste Seilstücke, Muscheln, die wie abgeknipste Fingernägel aussehen. Ich knie mich hin, nehme ein Papier, auf das ich etwas geschrieben habe, aus meiner Brieftasche und zerreiße es.

Ich habe es in einen seichten Tümpel geworfen und zugesehen, wie es in dem bewegten Wasser aufquoll und langsam, langsam zu Brei wurde.

Nachweis der Zitate:

Fjodor Dostojewski, *Die bösen Geister*. Übersetzt von Swetlana Geier. Zürich: Ammann 1998.

Marina Zwetajewa, *Liebesgedichte*. Übertragen und herausgegeben und mit einem Nachwort-Essay von Ralph Dutli. Zürich: Ammann 1997.

Denis Johnson, *Schon tot*. Übersetzt von Bettina Abarbanell und Fritz Mergel. Berlin: Alexander Fest 2000.

Gwendoline Riley

Cold Water

Roman

Aus dem Englischen von Sigrid Ruschmeier

160 Seiten. Gebunden.

ISBN 978-3-89561-354-8

»Manchester ist die Stadt der Bands, der Clubs und der Hoffnungen. Nacht für Nacht versorgt die Barfrau Carmel die Enttäuschten und Müden mit Gin und Whisky, manchmal auch mit einem Lächeln. Tagsüber hängt sie herum, liest, versucht, etwas über sich herauszufinden. Und lernt das Wichtigste: sich nicht zu schämen für das, was man ist. Gwendoline Riley hat eine Heldin geschaffen, die man nicht vergisst.«

Brigitte

»Sie ist der Shooting-Star der jungen britischen Literaturszene: Gwendoline Riley. Sie schreibt sich cool und melancholisch durch das nächtliche Manchester. *Cold Water*, das ist ein echter Coming-of-Age-Roman voller Trotz und Tristesse.«

NDR *Kulturjournal*

»*Cold Water* ist ein anrührender, verblüffend beiläufig, manchmal auch zynisch erzählter Debütroman.«

Spiegel

Schöffling & Co.

»Ab und zu retten sich die Protagonisten in Sätze von poetischer Schönheit, allen voran die 20jährige Carmel McKisco. Carmel führt ein Leben am Rand des Trottoirs. Die funkelnden Sätze, die sie findet, sind da umso hellere Lichteinfälle. Ein Debüt, an dem es nun wirklich gar nichts auszusetzen gibt.

NZZ am Sonntag

»Das Ergebnis, wenn sich ein großes Erzähltalent zusammennimmt und das, was sie auf den Herzen und auf der Zunge hat, mit dem, was sie schon im Kopf hat, in Form bringt: Kein Trash, sondern Literatur.«

Westdeutsche Zeitung

»Gwendoline Riley schreibt über das Leben am Tresen wie keine Autorin sonst. *Cold Water* ist in seiner zurückhaltenden, klaren und zutiefst romantischen Art einer der überzeugendsten Debütromane der vergangenen Jahre.«

Vanity Fair

»Sie sieht aus wie Lolitas morbide Schwester, und ihre Sätze treffen ins Schwarze: Gwendoline Riley ist das hochgelobte Nachwuchstalent der britischen Literatur.«

STERN

Schöffling & Co.